恋とか愛とか、幸せとか。

メンヘラ大学生

恋とか愛とか、幸せとか。

Contents

一章

恋とか。

メンヘラ大学生

@HERA_MEN0715

…

恋愛において「強がり」は何も生まない、本当は行って欲しくないのに「楽しんでね」なんて作り笑顔で女のいる飲み会に送り出さなくていい、本当は別れたくないのに納得したフリして「わかった、幸せになってね」なんて言わなくていい、もっと本音で喚け、強がるな、好きな気持ちは隠さなくていい

#好きな気持ちは隠さなくていい

1 強がらない恋をする

恋愛における最たる敵は、彼氏と距離の近い女ではなく、物理的な距離の遠さではなく、はたまた価値観の違いでもなく、己の心の奥底にひっそりと眠っている「プライド」だったりします。

プライド、いわば「恋人からよく思われたい」「素の自分を見せて失望されたくない」という恐怖を含んだ見栄がひとたび目を覚ますと、恋の行方を、自分でも気付かぬうちにゆっくりと確実に、悪い方へ悪い方へ導いていくことになります。

せっかく好きな人に褒められたのに、言葉通りに受け入れられず反射的に「私なんかが」と否定してしまう。会いたかったのに「別にまた今度で大丈夫だよ」と余裕そうなふりをする。そうやって、強がったせいで捨てた恋が、道端にはいくつも悲しく転がっています。

一方で、自分の中にひそむ「よく思われたい」という下心に気付きながら、そんな無駄な一面すらも見せる勇気を持ってみる。すると、どうしようもなく寂しいときに「会いたい」と素直に伝えられる。メンヘラな自分を自覚した上で、少しワガママを言えるようになる。要求できるようになる。そうやって、強がらなかったおかげで救われた恋は、その後も地道な積み重ねを経て、いつの日か成就して愛へと変わります。

恋人への遠慮、強がりは何も生んでくれません。強いて言えば、「メンヘラって思われずに済んだ」「面倒だと思われずに済んだ」という、その場、その瞬間限りのちっぽけなプライドを守れるくらいのこと。結果的に、都合の良い部分のみを開示しているだけのハリボテの関係性が築けるだけです。

できるなら隠していたい自分の弱さも、普段口に出しづらい本音も、「寂しいから会いたい」というたった一言も、好きな人の前では遠慮しなくていいんです。話せる場所、話したいと心から思える相手が、隣に居てくれる間に。

何よりも怖いのは、本当の気持ちを伝えられないまま、大切な人との関係性が終わりを迎えてしまって、「あの日あの時言葉にしていればよかった」という呪いだけが心の奥底に残り、未来永劫それに支配されてしまうことです。

メンヘラ大学生
@HERA_MEN0715

…

「なんか面白い店見つけた」「散歩してたらめちゃくちゃ可愛いネコがいた」みたいな、今日あったちょっとした出来事を好きな人が嬉しそうに話してくれるの可愛すぎて一生話聴けるしその「自分の日常を共有してくれる」感マジでたまらん推せる

#自分の日常を共有してくれる感

2
猫の話

　思わず誰かに話したくなるような面白いシチュエーションに出くわしたとき、ヨシ！　彼女にＬＩＮＥしよう！　ア、俺、彼女いないいんだった……という絶望を繰り返して最近は過ごしているので、休憩がてらここで皆に先週あったことを共有させてください。念のためですが、ネタ切れではないですからね。

　実は、ニートのような生活（細々と文章を書くことだけで細々と生き永らえていることの意）を続けて二年が経ちました。先週は雨がざあざあ降っていて、だけど残暑からようやく解放されたような気温だったので、ビニール傘を片手に夕方の下北沢を歩きました。俺は自炊、特に皿洗いとかの後片付けに強い抵抗を覚える性質（格好つけてるけど、単に苦手なだけ）なので、普段滅多に自炊をしません。たまにしたとて、それなりに美味しいものが作れた自分のセンスに満足し、後片付けまで至らないもので、シンクは汚れたフライパンと食器で溢れることとなります。生活力が壊滅的にないのです。というわけで、日々の食事はコンビニか、近所のお弁当屋さんが選択肢としては残ります。

近所にあるお弁当屋への道中、傘に視界を遮られながら、突然何かが飛び出してきました。体を濡らした、白黒の柄をした猫でした。俺は、猫のような、たまらなくビジュアルがよく、自由気ままな風にみえて、それでいて少し打算的な生き物が好きなので、思わず距離を縮めようと試みました。猫は一定の距離を保ちながら、駐車場に停められていた車の下に潜り込みました。こうなると、猫という生き物は警戒心が強いので中々出てきません。猫肌に飢えていた自分は、淡い下心を抱いて、コンビニに駆け、チュールを会計に通し、またその場所を訪れました。

やはり期待は裏切られるものです。車の下はもぬけの殻で、お弁当を買うことすら忘れていた僕は、夕ご飯代わりに生まれて初めてチュールを口にしました。じわじわ塩味が効いてきて悪くはない味だったので、たぶん俺の前世は猫です。もしくは来世が猫です。

……どうでもいいことで文字数を稼いでしまいました。でも、こういうオチもないくだらない話を、反応も気にせず、遠慮なくだらだらとできるのが、恋人の良さだと思うのです。

P.S.　野良猫がいるスポットかおすすめの場所を知っている方がいたらDMにて教えてください。とんでいきます。

メンヘラ大学生

@HERA_MEN0715

…

ずっと一緒だよとか絶対結婚しようねみたいなしょうもない口約束いらないから後で散歩いことか明日ラーメン食べ行ことか来週限界まで酒飲もうぜみたいな確実で最高な約束をくれ それだけのために生きていけるんだこっちは

#確実で最高な約束をくれ

3
すぐそばにある幸せ

これは自分自身にも口酸っぱく言いたいことでもあるんですが、結末を気にしすぎて、過程をどうだっていいと捉えている人が、世の中にはこの上なく多いように思う。恋愛に受験に就職に結婚に、結果だけよければすべていいだろう、というあまりにも粋のない、つまらない風潮が蔓延しているように思うんです。

「結果さえよければそれでいいじゃん!!」というポジティブな言説自体を否定するつもりは、実はさらさらなくて。

ただ、それでも忘れないでいてほしいのは、俺たちの、このひとつづきの地獄のような毎日を生かしてくれているのは、目的のない、いつでも会えるような奴との、中身のない、生産性のない飲みの約束だったりするってことです。

あ、そういや、そろそろ更新される頃だっけな? 程度の週一の漫画の更新。実家から送られてくる、ずっと会えていないでいるペットの、近況報告。前触れなく届く

「ラーメンでもいく?」という恋人からのＬＩＮＥ。気分で入ったミスドのポンデリングがラス一で残っていたとき。はまりつつあるインディーズバンドのライブが、近くのライブハウスで行われると Twitter で情報が回ってきた瞬間。

そんな、直近の、それも、小さな小さな楽しみが、俺たちを今日も生かしてくれているんです。

だから、今のＳＮＳにはびこるような匿名の人間が高らかに話す理想に、受験失敗したら人生終わりだとか、女性は早く結婚するべきとか、結果のみに囚われた幻想に惑わされないでほしいんです。自分にとっての最善は何だろうと、考えるのはいい。だけど、囚われすぎてはいけない。耳触りだけは一丁前にいい、遠い未来の不確かな結末に、実現するか分からない約束に、惚れ込みすぎてはいけないんです。恋人との、明日の仕事帰りラーメン行こうな、という約束に比べ、「ずっと離れないからね」だのといった、軽薄で無責任な言葉の無能さといったら。

実際、現実にはそんなロマンで満ちあふれていなくても、本当にこの先一緒にいてくれる人は、小さな約束を積み重ねたその地続きのなかで、「こんな地獄だからこそあなたと一緒に生きていきたい」と告げてくるでしょう。

遠くにあるハッピーエンドに囚われて、焦って本当の幸せを見失いませんように。

メンヘラ大学生

@HERA_MEN0715

…

LINEは返信の早さが全てじゃないのは分かってるけど遅いよりは早い方が嬉しいし、特に自分だけに返信が早い人はもうその特別感が最高に嬉しい、その「恋人がほかの人には返信してないのに自分だけにしてくれる」系マジ推せるその事実をオカズに飯3杯はイケる

#特別感が最高に嬉しい

4 気遣い上手の悲恋

単に優しいというのではなく、気遣いができる、という人を個人的に気遣い上手と呼んでいます。俺は、身の回りをこのタイプだけで埋めたいくらい、大好きです。無意識下の一つ一つの行動、誰も気にしないような細かい気配りに「気遣い力」ってそのまま出るので、そういう人の隣に居ると、正直気持ちがめちゃ楽になり素の自分でいられるような気がします。

俺たちは、そんな気遣いの居心地の良さに強く惹かれ、そして稀に、沼ることになる、ということを知っておくべきです。あなたの周りにも、そんな人がいるでしょう。なんなら、好きな人がまさに気遣い上手だ、なんて人もいるのではないでしょうか。

例えば、カフェの店員さんへの丁寧な言葉遣いと対応。ふとした時に出る敬語。意見がぶつかったときに、逃げずに、ふてくされずに、誠実に対話を続けようとする姿勢。帰り際、背中が見えなくなるまでぶんぶんと手を振りながら見送ってくれるやさしさ。適度な頻度と量の、心地よい程度にウィットに富んだメッセージ。

くわえて、気遣い上手には、高い想像力が備わっています。自分がこうされたら嬉しいよな、ありがたいよな、気持ちがいいよな、逆にこれ言われたら嫌だよな、ムカつくよな、だるいよな、離れたくなるよな。解像度の高い想像ができるからこそ、気遣いが上手くなる。その気遣いにときに俺たちは恋に落ちることになります。

ここで初めてエラーが起きます。そう、想像力が高く、共感力に長けている、すなわち気遣いができる人は、その能力の高さゆえ、たくさんの人に好かれやすいという構図ができるのです。「あの人思わせ振りだよな」、という現象も、ここから派生したものだと、個人的には思っていて、本人が下心なく、よかれと思ってしたことが、相手の心にはそれ以上の波紋を残していく。そうして、「私にだけ優しくしてくれたのかも」と相手の感情にエラーを引き起こし、やがて叶わなかった想いがバグとして残る。「あの人に思わせ振りにされた」と、認識される。そんな悲しいすれ違いが、思わせ振りの正体なんです。

結論、気遣いできる人は素敵。世界がそんな人であふれたらどれだけ平和なことか。でも、それをすべての人に向けず、大切だと思える人だけに向けられる人は、もっと素敵に映りますね。

メンヘラ大学生

@HERA_MEN0715

…

社会人になって分かったこと、友達には会えるときに会っといた方がいい、恋人の前では変な意地とプライドは捨てた方がいい、夜中思い悩むくらいならとりあえず酒飲んで寝た方がいい、酔ったときに会いたくなる人のことは普段から大切にした方がいい

#酔ったときに会いたくなる人のことは普段から大切にした方がいい

5
愛情とアルコールとお前中毒

俺が酒を飲むのが好きなのは、お酒をたしなむ人が好きなのは、脳みそがアルコールにやられて、ほぼ瀕死になっている状態でぽろっとこぼすその一言に、強い愛を感じるからなのかもしれません。いつも理性でなんとか耐えている本音がおもむろに引き出される瞬間に、強い親しみを感じるからなのかもしれません。

もちろん、普段から言いたいこと共有したいことをお酒に頼って吐き出してしまうのはやめた方がいいです。その一方で、お酒を飲んでるときにしか口に出せない、無意識だからこそ口に出せる愛もあるはずなんです。

普段、好きだとか感情を滅多に露わにしない恋人が、「なんか今、わかんないけど、あなたと付き合って良かったなって急に思った」と終電前の飲み屋でぼんやりとこぼしたとき、ふとそんなことを思いました。

メンヘラ大学生 …

@HERA_MEN0715

一緒にいて楽な恋人って「何かしてくれる人」じゃなくて「余計なことをしない人」なんだよな、サプライズやらプレゼントも好きな人からされたら勿論嬉しいんだけど、嫌がることをしない、余計な一言を言わない、みたいな「ダルいことをしてこない」ことの方がずっと重要　マジで

#「ダルいことをしてこない」ことの方がずっと重要

6 恋を継続させる秘訣

好きな人と仲睦まじくいること、二人の恋を長く太く継続させること、遠い将来へ向けて丁寧に生活を送り続けることの何よりもの秘訣は、「相手の嫌がることをしないこと」、これに尽きると思います。これは、「相手が喜んでくれそうなこと」「相手が好きそうなこと」よりも、ずっと徹底しなければならないのです。

瞬間的な恋を刹那的に盛り上げるために、非日常を彩るのは、たしかにとても大切なことです。恋人へのサプライズでプレゼントを贈ったりすることなんかも、それに当てはまりますね。大切な人が悩みに悩んで選んでくれたものなんか、なんだって嬉しいに決まっています。それ自体、全く悪いことではない。

ただ今一度振り返ってみてほしいのです。非日常を盛り上げることばかりに思考が寄って、日常がおろそかになってはいませんか？　非日常を楽しませられているからと、日常をさぼってはいませんか？　デートの時間を守れていますか？　ドタキャンは控えていますか？　作ってくれたご飯においしいと伝えられていますか？　家事をまかせっきりにしていませんか？　ネイルや髪型に気づけていますか？　ちょっとした事柄にも共感を示せていますか？

日常の積み重ねは、一発の非日常なんかじゃひっくりかえせません。日常を大切にしてきたからこそ、非日常やサプライズがより尊いものになるのです。

嫌なことをしない、その大前提の土壌の上で、相手が喜ぶことをして大きな花を咲かせられますように。

メンヘラ大学生
@HERA_MEN0715
…

好きな人の寝顔マジで可愛すぎワロタ、口開けてても かわいいし寝相悪くてもかわいいし一晩中眺めても飽きないからマジで一生寝てて欲しい

#マジで一生寝てて欲しい

7 好きな人の寝顔がある奇跡

いきなりですが、俺、友人でも恋人でもどんな相手でも、一緒に泊まるのがめちゃ苦手なんです。そういったシチュエーションを前にすると、色んな「こうなったらどうしよう」が頭の中に浮かんでは消え緊張に体が支配され、思考が止まらなくなり、全くもって寝られなくなり、寝不足の状態で朝を迎えることとなります。

だから「この人の前だと気を抜いて寝られるな」って、みんなが思っているよりもすごいことだと思うんです、俺は。

「一緒に寝る」って、言葉にするとやけに単純そうに耳には響きますが、実際なかなかに覚悟がいることなんですよ。だって要は、自分の一番弱い状態の、飾らない、ありのままの姿を晒すわけですから。一緒に泊まろ、なんて好きな人に言われた日には、俺はまず色んな種類の不安が頭の中を駆け巡ります。ちゃんと眠れるかな、俺の緊張が相手にも伝わっちゃわないかな。寝れたとて、みられて寝顔ブサイクって思われたくないな。冷められたら怖いな。というか最近太ったからお腹触られたらマズい。といった具合で、精神的にも身体的にも、ありのままの自分を見せあえるところに、相当の信頼関係と愛が必要だと感じるわけです。

そして、その葛藤を乗り越えた上で見られる最愛の人が寝ているときの動きって、普段見られない面白さや発見があって、全く予想ができなくて、素直に楽しいんですよね。あるあるで言えば、寝ているときにあんぐりと口半開きになってるの、自分だけに見せてくれる姿だと思うと可愛すぎませんか。なんでなんでしょう、間抜けな顔すらも可愛いと思えるのって好きな人くらいですよ。朝方に恋人の間抜け顔を拝めた日には、仕事なんてめちゃ早く片付きますからね。

あと、時々信じられないくらいのいびきかくのもたまらない。急にいびきが止まると「死んだのか⁉」と不安にすらなります。寝相が悪すぎるのも、ムカつくけど愛ポイント高い。特に自分を抱き枕みたいに扱ってくるのは、遺伝子レベルでありがたい。もはや寝返りとかそういうレベルじゃない気もしますが、愛せます。ただ、冬の寒い時期に無意識に布団を奪っていくのだけは絶対に許せないんだよな。

こう昔の記憶を頼りに語ってみると、やはり最愛の人と一緒に寝られるということは、何よりものごほうびなんだなと、心から羨ましくなりました。これからもその最愛の人の抜けてる姿は、自分だけに見せてくれたらいいなと浸りながら、この話は終わりとします。

メンヘラ大学生

@HERA_MEN0715

…

男だったら彼女いてもキャバくらい行け！友達付き合い優先！みたいな風潮に困ってる男の人って普通にいると思うけど、そういう人はキャラでもいいから「彼女大好き」ってのを公言した方がいい、色々誘われても「ごめん！大好きな彼女待ってるから！」って答えれば雰囲気壊さずに帰れるし彼女は可愛い

#ごめん!　大好きな彼女待ってるから!

8 男の付き合い（笑）

夜のお店は、行きたい人が行けばいい、というのがあくまで俺のスタンスです。

ただ、男全員がキャバクラやガールズバーが好きなわけではない、ということはここで代表して言っておきたい。

仕事や断れない付き合いでそういう店に行くのは致し方ない、業務の一環として受け入れるべき、という風潮はいい加減しょうもないし、それを笑顔で家で待てる女性が「理解ある女」と囃し立てられるのも全くもって理解できません。

そんな時間があるなら彼女と二人、家で過ごしていたい、という価値観も少しずつ受け入れられることを願って。

メンヘラ大学生

@HERA_MEN0715

…

マジで好きだった人に冷めるときってああもうコイツには何を言っても無駄なんだって気付いて相手に1ミリたりとも期待できなくなった時だし、1回冷めたら一緒にいた時間が長かろうと情なんて吹き飛ぶからもう一生戻ることはないし大好きだったソイツは腐ったジャガイモにしか見えない

#腐ったジャガイモにしか見えない

9 怒りと冷めの大きな差

怒りは「まだあなたと一緒に居たいから、変わってほしい」の表れです。冷めは「もう期待してないから、あなたが変わっても変わらなくても、もうどうでもいいよ」の表れです。

恋人が怒っているように見えるならば、まだ関係を修復するチャンスに満ちています。でも、もしかしたら、最後の一筋の希望かもしれません。どうか、変に勘繰らず、油断せず、真摯に耳を傾けてください。何が相手を怒らせているのか、その可能性を振り返ってみてください。自分の言動、行動を、顧みてください。面倒かもしれないけれど、真正面から向き合って、対話してください。

なぜなら、まだ間に合うから。変われるチャンスがあるから。恋人は、あなたが変わってくれることを、あなたが変わろうと決意してくれることを、心から願っているから。

恋人が呆れ、冷めているように見えたならば、それはもうおそらく手遅れの恋です。奇跡が起き、縁を取り戻せたとて、適当に結び直した靴紐がすぐ解けるように、前のような関係性に戻ることは保証できません。

いいですか、覚えておいてください。

怒りを示してくれることは、何よりもの愛です。

メンヘラ大学生

@HERA_MEN0715

…

素を出せる相手ってマジで貴重、今この世の中自分のキャラクターを無意識のうちに作り出してる人がほとんどだと思うけど、そういう毎日が続くとそのキャラクター演じてるのがしんどくなる時期が来るんよな、そういう時に喋らなくても居心地がいい友達とか恋人が1人でもいるとマジで死ぬほど救われる

#素を出せる相手ってマジで貴重

10 キャラクターを脱ぎ捨てる

いい顔、いい格好なんて、最愛の人相手にはしなくていいと思っています。もしくは、ダサくても、その姿が許される場であってほしい、と思っています。

今の社会は、素の自分であることが非常に難しい環境であるように感じていて。自分の意見を発信するだとか、個人の価値観を伝えるだとか、そういうものに、一定の忖度が求められるようになった。フェミニスト、弱者男性、それらしく自分や他者をカテゴライズして、決めつけ、そうであることを要求し、要求される。自分じゃないキャラクターを演じる。なんか、息苦しいですよね。疲れますよね。だってそれは、本当の俺じゃないし、私じゃないんだもの。

自分らしさ、なんてクソほど曖昧な言葉もよく見聞きするようになりました。他人とは違う、その人らしさ、個性を尊重する、とか言いながら、結果的に自分らしさを持つことを社会が強制する。学生には規則を求めながら、そのくせ社会では個性をいきなり求める。ほんとうは存在しない、作られた個性が尊重される社会なんかより、何も考えずにひたすらボーっとできる場所、相手がいる方がずっとありがたい。俺たちに必要なのはACジャパンなんかじゃなくて頭を空っぽにできるアルコールなんです。

こんな息のしづらい世の中だから、最愛の人の前くらいは、ありのままの姿でいいと思うんです。飾らない、素の姿を出してもいいんじゃないですか。誰かに決めつけられたキャラクターなんて脱ぎ捨てていいんじゃないですか。相手に合わせて無理にテンションなんか上げなくていい。強い自分を装って気丈にふるまわなくていい。視線を気にせずご飯をもりもり食べていい。二人だけの心地よいノリに身を任せてもいい。ネットの情報に振り回されなくていい。他人から見てダサいような格好をしてもいい。いい顔して優しくふるまわなくていい。

そんな素のあなたを何よりも魅力的だと思い、一緒にいることを選んだのが、最愛の人なんですから。

メンヘラ大学生 …

@HERA_MEN0715

土曜からじゃなくて金曜の夜から好きな人と一緒に過ごせる人生

#土曜からじゃなくて金曜の夜から好きな人と一緒に過ごせる人生

11

365連休くれ

　このツイートこそが俺たちが目指すべき姿なんだと最近になって痛感します。彼氏彼女恋人、呼び方問わず最愛の人、まず会えるだけで大感謝ですが、金曜の夜からともに夜を過ごせるというのはやはり特別感がありますね。

　一つは、謎の連休感。土日の連休なんて連休じゃねえだろ二連休名乗るな、といいたいところですが、金曜の夜から好きな人と過ごせるとなれば話は別。急に三連休と同じような、特別な香りがぷんと漂います。B級映画なんか見たりして、酒なんか飲んじゃって、ウーバーでピザなんか頼んじゃったりして、何でもできちゃうじゃないの！という圧倒的な無敵感。鳥のさえずりが聞こえる土曜の朝の、「まだあと二日も一緒に居られるの⁉」という爽快感といったら、並ぶものはないでしょう。

　それが、土曜の午後集合となったら、急に夢がしぼみ始める気がしませんか。なんか、休む暇もないというか、酒飲むにしても、ねえ……。二日酔いで日曜を迎えるのも考え物だし……。なんとなく、くだらないこと、どうでもいいことに時間を費やすのがはばかられる気がしてきちゃうんです。誰よりも一緒に楽しめる人を前にして、心のどこかでブレーキがかかるのは、あまりにももったいない。

ということで、金曜の夜から恋人には会いましょう、という提案です。

ちょっと一人の時間が欲しくなったら、日曜は早めに解散して月曜からの地獄に備えればよいし、一緒にいたければ日曜の夜まで時間をともにすればよい。というか、政府が三連休を増やしてくれたらそれでいいんですが、いかがでしょうか、石破さん？

メンヘラ大学生　…

@HERA_MEN0715

遠距離恋愛してると物理的距離の異常な遠さ、ほかの異性に取られるかもしれない恐怖、相手が今なにしてるか分からない不安、LINEブロックされたら一切連絡が取れない脆さ、などヤバすぎる要素が死ぬほどあるんけど、逆に遠距離乗り越えた人間ってマジで強い アイツらにもう敵はいない 最強

#遠距離乗り越えた人間ってマジで強い

12 遠距離恋愛の苦悩

遠距離恋愛、いやもしかしたら恋愛そのものの、最も邪悪で、大きな敵は、「寂しさ」だと思っています。どんなにお互いが思い合えていて、長い距離を超える愛を持っていたとしても、寂しさが生まれるのは仕方なく、それ自体から逃れることは実質不可能だからです。

単純に、人肌の恋しさ。仕事終わりの、空虚な時間。一人、することもなく部屋で過ごす休日。彼が隣にいたら埋めることのできていたすべてが、薄っぺらい別物に代わっていく感覚。

なんで、私たちだけこんな目に遭わなきゃいけないんだろう。急な転勤に振り回されて距離が遠いだけなのに。そういった寂しさや理不尽さに勝つことができずに、恋をはかなくも終わらせてきてしまった人を俺は何人も知っています。

寂しさに打ち勝ってきた人は、精神的に強い人ではない、ということに最近気づきました。恋人への愛が、特別強かった人でもない。ただ単純に、自分の弱さに気付けて、行動に移すことのできた人です。己の中に生まれる寂しさという感情に気付き、そこから逃げ出しそうになる自分の弱さを知って、どうにかしようと藻掻いた人です。寂しいから、週末はどうにか会いにいこう。有休をとって時間を作ろう。高いお金をかけてでも、会いにいこう。そうやって動けた人です。

強い精神力なんてものはいりません。むしろ会いに行くことを変に我慢できてしまう分、邪魔なくらいです。弱いことを自覚して、誰かに取られてしまうことが怖くて、寂しさに耐えられない自分が情けなくても、最後の最後で動くことができた。そういう人にこそ、幸せは降ってくると俺は信じています。

メンヘラ大学生

@HERA_MEN0715

…

俺は今の彼女とは大学で出会って付き合ってるんだけど、すげえ思うのが「今の彼女と高校で出会って色んな青春したかったなあ…」なので好きな人がいる中高生は今めちゃくちゃ恋愛して欲しい、友達に冷やかされつつ放課後一緒に帰るとか今しかできないよマジで

#友達に冷やかされつつ放課後一緒に帰る

13 あえてダサいことをする10代

25歳ニートの俺から高校生・大学生へ、老害丸出しのメッセージを恥ずかしながらここに記させてください。

どんなに恥ずかしくても、望みが薄そうでも、好きな人には文化祭一緒に回ろうと誘ってください。友達にいじられようが、かならず放課後は一緒に帰りましょう。あと、無駄な寄り道はすればするほどいいです。授業中に目が合う瞬間も大切に。気になる先輩には声をかけましょう。昼休みは友人とバカしちゃっても。図書館で勉強する振りして、めいっぱい横顔を堪能するのもいいですね。部活の大会には好きな人を呼んでみるのもあり。断られるのもまた一興。恋人と学校ですれ違ったら思いっきり手を振りましょう。好きな人には、全く意識されないよりかは好意がばれているくらいがちょうどいい。

あと、ある程度将来したいこと、したくないことは考えておくこと。大人の助言に耳を傾けてみてもいい。でも最後に決めるのは自分です。そのために勉強はする。いざというときのための選択肢は持っておく。

大学生へ。酒は人に迷惑をかけない程度にたくさん飲んでください。信頼できる人には一回くらい迷惑をかけていいから、飲みすぎて自分の限界を知るのがいいです。ノリが合わない人とは無理して付き合う必要ありません。講義は適度にさぼりましょう。三個くらい単位を落としても全く問題ないですから。ただ、少しでも興味のある分野はがむしゃらに学びましょう。

また、大学は一生モノの趣味と友人が見つかる時期。どうでもいいことに全力で向き合ってみる。金というより、別の何かが得られたりするのでバイトもする。対モノ・人の自分の向き不向きがわかったりする。

あと、親への感謝は忘れないでいたい。好きな人がいたら、捕まえておいてもいいですね。自然な出会いができる最後のタイミングになりえますから。一日中何もしない怠惰な生活も存分にしておきましょう。でも、その時間もあっという間に終わることを認識しておくこと。

伝えたいのは、あれやっとけばよかったな、という悔いを残さないこと。

青春は一瞬です。

メンヘラ大学生

@HERA_MEN0715

…

デートした後にカメラロールが自分の写真で溢れてる人と付き合いたいし「コレいつ撮ったんだよ！」「ひみつ～」「おい消せww」「やだwww」みたいなクソくだらんやり取りしたくね？してえわ

#クソくだらんやり取りしたくね？　してえわ

14 カメラロール

今回の旅行、ツーショットあまり撮れなかったな、撮ろうって言い出せなかったな、とほんの少しの反省を抱えつつとぼとぼ帰る道すがら、彼氏から送られてくる写真とアルバムに、自分でも気づかないうちに撮られていた後ろ姿やはしゃいでいる姿があったら、とてつもない幸福に包まれる気がします。すぐさま、どれをＬＩＮＥのアイコンにしようか、迷っている自分がいることでしょう。

そして、好きな人が撮ってくれた自分が、誰が撮ったよりも楽しそうで、どんな名の売れた写真家が撮るよりも笑顔で、世界中の誰よりも幸せそうなのは、きっと気のせいじゃないはずです。

メンヘラ大学生

@HERA_MEN0715

…

「これだけしてあげたんだから見返りがあるはず」って考え方はマジで危険、好きって気持ちもお金も時間も自分の意思で相手に使ってるもんなんだから必ずしも相手から同じだけ返ってくるとは限らない、むしろ返ってきたら奇跡やんそれは結婚するべき“#これだけしてあげたんだから

#「これだけしてあげたんだから見返りがあるはず」って考え方は
マジで危険

15 見返らないということ

もしいま、自分の行動を振り返って、見返り前提の行動をしているな、という思いあたりがあるのであれば、速やかにやめたほうがいいかもしれません。見返りがないときにこちらが一方的に苦しくなる関係は、遅かれ早かれ破たんするからです。どちらかの頑張りによって成り立つ関係は、実はこの世に存在していないんです。

見返り前提の行動をしていると、100の気持ちを渡したのに80しか返ってこなかったとき、また同じように相手に100の気持ちを捧げるのが怖くなります。前は80しか帰ってこなかったから今は75にしておこう、と、想いが目減りしていきます。そうして気付けば気持ちは0になり関係性はいとも容易にすぐこわれます。

この通り、見返り前提の関係性に未来はありません。

善意が善意で帰ってくるとは必ずしも限らない、ということです。100渡した気持ちのうち、1しか返ってこないことさえある。

世の中、奇妙なもので、良いと思ってしたことが、おかしな道を辿りつながったことで、悪意が帰ってくることもある。

ところが、世の中捨てたもんでもなく、100の気持ちを渡したら10000も返してくれることもある。自分以上に寄り添ってくれる奇跡もある。

見返りは求めない、ということ。見返り前提の、下心マシマシの行動をしない。自分がしたいことは存分にしてあげる。同じ量が返ってこなくても、呆れたり、怒ったりしない。「あれだけ尽くしたのに」という思考をしない。見返りにとらわれた付き合いより、見返りがなくとも合った相性を大切にするのがよい。

見返りを求めないということは、ある意味での信頼の証なのです。

メンヘラ大学生

@HERA_MEN0715

…

恋人を安心させる努力っていうのは毎日ずっと一緒〜やら一生離さない〜なんて言うことじゃなくて「自分のいない所で惚気けてくれてる」「インスタで自分とのデートを載せててくれてる」「忙しくてもウンコしながらLINE返してくれる」とかそういう所に現れると思うんですよね

#忙しくてもウンコしながらLINE返してくれる

16

恋人を安心させる努力

「今何しているよ！」という現状報告は、好きな人にはより積極的に送ってほしいと思っています。コレやりすぎかな？　と思えるくらい送っていいです。相手の既読も待たなくていい。思う存分、文字で暴れてやりましょう。

恋人、最愛の人からの今何している報告であれば、どんなに中身のない内容でも「だから何⁇」とはならないから。素直に、かわいいな〜、と思います。そっか、犬の散歩してんだ〜、そんなちょっとした日常まで共有したいんだね、かわい〜、となる。マイナスはありません。むしろ、共有しようとするところに、癒される。ありがたい。

一つ気をつけてほしいのは「ねえあなたは何してるの」「返信してよ」という催促が混じると、相手にもめんどくささが生まれる、ということ。ＬＩＮＥを送るのがおっくうになる。ＬＩＮＥを開くのが面倒になる。

ＬＩＮＥの頻度に限らず、世間では恋人との価値観のすり合わせがよく話題になりますが、一番のテーマは「自分の価値観に相手を来させるか相手のレベルまで自分が下げるか」だと思っていて。ぶっちゃけ正解はないけど、一番の最適解は「互いの価値観に幅をつくる」ことだと考えています。

今回の例にあてはめてみる。ＬＩＮＥを返すのは疲れる。これだけだと、価値観が点になってしまって相手に寄せることが難しくなる。

なので、幅をつくってあげる。ＬＩＮＥは早く返すべきだけど、疲れてるならスタンプ一つでも返してくれたら、見てくれたんだなって嬉しくなる。ＬＩＮＥ返すのは疲れる。でも、スタンプくらいならおっくうじゃないし、何しているかわかるのは楽しい。

あまりにも離れた点と点をあわせるのは、難しい。だから二人で幅をつくる。その幅の中で一致するモノは必ずある。その何かを二人で見つけていく努力が、何よりも大切だと思っています。

自分の様子を送るのはいい。ただ同じことを求めてはいけない。続けていけば、少しずつでも自分の話もしてくれるようになるから、焦らず、ゆっくりでいい。散歩してるでも飯食ってるでもうんこしてるでも、積極的に送ろう。

メンヘラ大学生

@HERA_MEN0715

…

恋人と外で待ち合わせして一緒の家に帰る奴すごい憧れなんだけど、仕事帰りとか学校帰りにどっかで待ち合わせしてスーパー寄って惣菜とかポテチ買ったりTSUTAYA寄って映画借りて当たり前のように同じ家に帰るのめちゃくちゃ良すぎる、というか「家に着いても好きな人がいる」のマジやば

#同じ家に帰るのめちゃくちゃ良すぎる

17 同棲神話

同棲の話をすると、「好きな人と一緒にいられて更に付き合うの楽しくなった‼」と嬉々として話してくれる人もいれば、全くの真逆で「一人の時間なくなってしんどいし、嫌なところがみえるようになった」なんて絶望を味わう人もいます。俺自身も以前ほど同棲最高！　皆にもオススメ‼　なんて言わなくなってきたので、あくまで第三者的な目線で、それぞれメリットデメリットをお伝えできたらな、なんて思います。

仕事帰り、最大の理解者である恋人が部屋で待っていてくれる。こんなにも分かりやすく幸せなことがこの世にはあるでしょうか。幾多ものストレスで心が荒む社会の中で、唯一癒しを与えてくれる存在ではないでしょうか。疲労困憊の状態で、なんとか帰ってきたとき、少し灯りが漏れ出している部屋に、溢れ出る暖かさに、これ以上なく安心するのは俺だけじゃないはずです。

同時に、同棲は、自分一人で過ごす時間や空間が極めて減ることでもあります。一人の時には何も気にせずしていたゲームの時間も、減らさなきゃいけなくなるかもしれません。家事に割く時間が増えるかもしれません。合わせなくてはならない価値観に絶望することもあるでしょう。

逆に、二人の時間を案外悪くないな、とうれしい気づきを得る人もいる。二人で立つ狭いキッチンに、言葉にしようのない心地よさを覚えるかもしれない。今まで離れていた期間が馬鹿らしく、もっと早く同棲していれば、とポジティブな後悔を覚えるかもしれない。歩み寄ろうとする相手の姿勢に、かけがえのない価値を感じられるようになるかもしれない。

とにもかくにも、家で最愛の絶対的理解者が待ってくれている。このことの価値だけはずっと忘れずに生きてほしいと思います。

メンヘラ大学生
@HERA_MEN0715

常に自分のことだけ考えて欲しいって訳じゃなくてふとした瞬間に自分のこと思い出して連絡して欲しい、なんか楽しいことがあって誰かに伝えたい時とかムカつく事があって愚痴りたい時にふと自分のこと思い浮かべてくれたらうれC超えてうれDやんけ

#うれC超えてうれDやんけ

18 私を思い出せ

いやもちろん常に自分のこと考えてくれるのはうれしいんですけど、ふとした瞬間瞬間に、パッと脳裏に浮かぶのが俺の顔であって欲しいな、というワガママが心の中にありまして。

何も、いつも俺のこと考えててよ、だなんて傲慢なお願いでは無いんです。好きなバンドの公演が当たったら、「見て、うらやましいでしょ」と、誰かに自慢したくなった時に最初に浮かぶのが、自分であって欲しいんです。その小憎たらしい自慢を、まず俺の耳に届けて欲しいんです。上司に理不尽に怒られたのであれば、仕事帰り、その愚痴を真っ先に俺とのメッセージにぶつけて欲しいんです。この人になら何を言っても許される、と一種の甘えを持っていて欲しいんです。受け入れてくれる存在だと思っていてもらいたいんです。

彼女が買ってくるお土産に強い愛を感じるのは、そこに通ずるものがある気がしています。旅行という非日常の中で、彼女が一瞬でも俺を思い出してくれていたという事実、「このおつまみ喜ぶだろうな」と、考えてくれたという事実。そのじんわりと広がる妄想こそが、何よりものお土産かもしれないと思う今日この頃です。

メンヘラ大学生

@HERA_MEN0715

…

一緒にいて会話がずっと続くタイプの笑いが絶えない人本当に最高なんだけどそれを超えるのが無言でも全く苦痛にならなくて安心できる人、このタイプが最強すぎる常に隣にいてくれマジで

#無言でも全く苦痛にならなくて安心できる人

19
「前世から一緒にいた?」

友達の紹介かなにかで出会った人が、違和感なく会話ができて、それでいて居心地も悪くない、なんとなく交わす言葉のテンポがいい、口をついて出る語彙のレベルが近い。もしもそんな人と出会うことができたら、それは正真正銘の奇跡と断言できます。お互いになんとなくボケた方、ボケにツッコまれる方、言わずとも役割が見えて、その人とこの先一緒にいるときの自分がありありと想像できる。いつでも喋っている自分が想像できる。頷いている自分が頭に浮かぶ。めちゃくちゃ貴重な出会いだと思います。そこまで相性が合う人はなかなか出会えないので、大事にしてほしい。

そしてそれ以上に、無言が全く苦にならない人の持つ尊さ、生まれつきの相性の良さには計り知れないものがある。喋らなきゃいけない、なにか話題を出さなきゃいけない、そんな焦りと無縁で、前世から知り合っていたかのような空気感を持てる人。楽しいときはもちろん楽しい。だけれど、静かな時間も尊重し大切にしてくれる人。

どちらにもそれぞれの良さがある。そんな人と出会えたらいいなと思って、今日も生きています。

メンヘラ大学生

@HERA_MEN0715

…

「ほかの女と会ったところで結局は私のことが一番好きでしょ？ 知ってる」っていう適度な自信と「あの子とだけはあまり会って欲しくない!! 嫉妬しちゃうから!!」っていう適度なワガママを上手く組み合わて使える女が結局最強すぎるんだよな

#ほかの女と会ったところで結局は私のことが一番好きでしょ?

20 恋愛上手の共通項

恋愛に上手い下手などと優劣をつけるのはあまりにも趣が無くてどうかとも思いますが、あえてこの話題に触れるなら。恋愛が上手い（恋が長続きしやすい）人にはある一定の特徴があると思っていて。それこそが、「誠実さと奔放さを両立できるか」です。

誠実な女性は、その誠実さゆえに、まっすぐに相手と向き合います。他の異性には目もくれず、その人をどうしたら幸せにできるのかのみを考え、純粋な気持ちでそれを遂行します。自分がされてうれしいと思うことは、言われずとも率先してやってしまう。会いに行くことも、LINEする頻度も、ご飯を作ることも、家事も、見送りも、自分の方が圧倒的に多くなることとなります。

そして、相手のことをもっと分かりたいから、好みも寄っていきます。自分のことを知ってもらうより、相手の好きなものを知り、ハマろうと努力します。必要だと思えば、自分の人間関係や趣味をも犠牲にし、相手に目を向けます。それこそ、やりすぎなくらいに。

むしろ、恋人に必要とされている、ということに何ものにも代えがたい快感を覚えるので、結果的に、自分の思いが優位になりすぎて、「コイツは離れていかない」と思われないがしろにされたり、恋人がいないときの時間の使い方が下手になっていき、誠実さはときに依存へと変わっていきます。

奔放な女性は、その奔放さゆえに、世に存在するいろいろな関係性を大事にします。恋人との関係も大事だけど、友人との集まりも同じくらい大事。同僚とのご飯も大事。新しい出会いも大事。場合によっては、恋人と会うよりも異性の友達との飲みを優先することだってあるでしょう。男だとか女だとか関係ない。サシだからって、ちょっと距離が近くたって、変なことなんて起こらないから。そこに変な悪意や下心はなくて、ただすべての関係性をフラットに大切にしたいから。

だから、恋人からは理解されづらい。なんでそんな距離感おかしいの？　と迫られたり、浮気だと勘違いされることも少なくなく、その疑いの目線に疲れ切っていく。結果的に一人の人と向き合うことにうんざりして、恋人を作るのに消極的になってしまう。それなりの薄い関係の人を周りに置いておくことで満足してしまうようになります。

どちらのタイプとも、人としてはとても魅力的なんです、でも、このどちらかが欠けてもいけないけれど、行き過ぎてもいけない。二つの要素ともに、程よくバランスよく兼ね備えること。

メンヘラ大学生

@HERA_MEN0715

…

好きな人のこと「かっこいいな」って思ってるくらいならまだ全然戻れるけど「かわいい」って思ったらもう簡単には戻れないし「愛おしい」の段階まで来たら完全に沼にハマってる、そして「人として尊敬する」まで来たらそれはもう軽率に入籍すべき

#それはもう軽率に入籍すべき

21
愛おしい人

「かっこいい」は、比較的目に見える部分に感じることが多い。顔や身長みたいな人それぞれの好みが別れるものもあれば、汗をぬぐう姿のような、ちょっとした所作にドキッとさせられたりするものもある。要は恋の入り口みたいなもの。

「かわいい」は、その人の内面を知り、そのギャップや、付き合う前には想像していなかった性格にさえ好意を持つようになると、感じるようになる。サバサバしている感じかと思いきや、二人きりになると甘えたりもするんだ、旅行行ったら、意外と自分から写真撮ってくれるタイプなんだ。要は、付き合い始めて、恋が揺るがないものになるときの感情。

「愛おしい」は、外見や内面を知り好きなところもダサいところも知った上で、何でも許せてしまうという感情。むしろダサいところも自分にならら見せてほしいという感情すら湧き出る。ここまで来たらもう戻れないので一生を添い遂げてください。

メンヘラ大学生

@HERA_MEN0715

…

彼女の元カレはウザイけどそれ以上にこれから彼女と出会うであろう他の男の存在全てが邪魔なんですよねサークルの性欲の塊ワンチャン男とか出会い目的のクソ新人バイトとか成人式で久しぶりに会ってワンナイト男とか

#他の男の存在全てが邪魔

22
被害者ヅラヤメ

好きだった人とワンナイトしてしまった〜気になってた人とエッチしてしまった〜もう詰んだ、ここからなんて巻き返せない……セフレコースしか残されてない……。なんて絶望するにはまだまだ早いのであきらめないでください。というか、ヤッちゃったなら仕方ないんで、悲しんでないで割り切っちゃってください。全力で！

実は、ワンナイトを経て好きな人と付き合える人とそうでない人には、明確で絶対的な差があります。それこそが、ワンナイトするときの心意気です。分かりやすく言い換えるなら、大好きな彼と「遊んだ」と思えるか、大好きな彼に「遊ばれた」と思ってしまうのか。どうせヤッてしまったのなら、好きな彼と繋がれてラッキー♪くらいのスタンスで居られる女性の方が圧倒的に強いのです。

大好きな彼に「遊ばれた」と思ってしまうタイプのあなた。自分でも気づかないうちに好きという感情が先行しすぎて、知らず知らずのうちに彼にへりくだった行動をしちゃっている場合が多いです。

・入っていた予定をずらしてでも必ず相手に合わせる
・ドタキャンされても喉の奥に哀しみを飲み込める
・「遊ばれた」「思わせぶりにされた」という被害者のスタンスに慣れきっている

大好きな彼と「遊んだ」と思えるあなた。男にへりくだることをせず、自分の価値を絶対に男に委ねませんね。

・予定はむしろ相手に合わさせる
・自分のことを蔑ろにする男は必ず切る
・「私がしたかったからワンナイトした」「むしろヤレてラッキー」というどこまでも主体的なスタンス

何度でも言いますが、ワンナイト、ひいてはセフレになることは絶対的な悪ではな

い。そこで初めて分かる相性や見えてくる本性があるから。そこで変にへりくだらず、
「大事にしてくれないなら要らないよ?」という気持ちを貫き通すこと。
まだまだ遅くないよ、がんばろう。

メンヘラ大学生
@HERA_MEN0715

…

好きな人とは付き合う前にセックスすんなってやつ

#付き合う前

23 セックスした後は泊るな

好きな人と付き合う前にセックスしてしまう、ワンナイトしてしまう、そういった行為自体は大きな経験になるし、そこから生まれる恋愛だってめちゃくちゃあると思っていて。だからこそ、ワンナイトをワンナイトで終わらせないためにセックスした後は爆速で帰宅することを提案させてほしい。

ワンナイトしたときの男の脳内って、「もうこの女落とせたな……笑」「俺のこと好きになってんな?」「コイツもほかの女同様チョロいな」と、比較的余裕の気持ちであふれている状態が多い。

だからこそ、ヤッてしまったその日のうちに荷物をまとめて帰ったり、泊まった日の朝方、彼に声をかける間もなく帰ってみる。すると、彼の側からしたら「昨日あんな楽しかったのに」「なんで早く帰っちゃったんだろう」「なんか他の子と全然違うんだけど……」「まさか俺、なんかやらかしてた?」と余裕だったはずの気持ちを存分に揺らすことができる。

このとき凄く重要なのは、帰るときも「今日はありがとう」などの感情は伝えすぎずに、「楽しかった、また会おうね」のようなＬＩＮＥも自分からは投げかけないこと。

ＬＩＮＥを送らなければ男はまた勝手に「なんでこんなにそっけない態度なんだろ」と思い悩んで、男側から「今日はありがと笑」「なんでそんなすぐ帰っちゃったの?」って、疑問を解消しようとＬＩＮＥが届くようになるから。

ポイントは、会っているときはとびきり楽しんでいる素振りを見せて、会えない時間はあっさりした態度を意識すること。

メンヘラ大学生

@HERA_MEN0715

…

返信早い人の方が付き合いたいに決まってんだろ好きな人とくだらない話どうでもいい話をダラダラLINEするのがめちゃくちゃ楽しいのに何時間も経ってから返信されたら本当に冷めるし結局楽しみにしてるのは自分だけじゃん一人相撲じゃんマジウケるドスコイドスコイ

#楽しみにしてるのは自分だけじゃん

24

「「恋人の基準を知る」」

好きな人とは早めに価値観の擦り合わせをするべきだ!!　そんなふうに思っている時期が俺にもありました。というか価値観が合わないと恋愛なんて絶対に上手くいかないっていう諦めが常に心の中で渦巻いていた。

でもちょっと違うんだよね。正確には価値観って擦り合わせるものじゃなくて受け入れるものなんだよ。

ここで一つ問題を出します。

A「連絡したら必ず30分以内に返してくれる彼氏」

B「連絡しても2時間くらい経ってからしか返ってこない彼氏」

貴方はどっちを選びますか??

連絡頻度なんて多い方がいいに決まってるしこの時点じゃAを選ぶよね？
ここでもう1つ情報を加えてみるね。

A「連絡したら必ず30分以内に返してくれるけど誰にでも同じくらい早く返している彼氏」
B「連絡しても2時間くらい経ってからしか返ってこないけど私以外の異性からの連絡には全く返さない彼氏」

どう⁇　全く印象が変わってこない⁇

この章で伝えたいのは、一つの価値観に囚われるんじゃなくて、彼と同じ価値観を持つことに囚われるんじゃなくて、その人の本質をしっかり見抜いて欲しいってこと。

◎連絡頻度は多いけど自分以外にも同じような返信をしている彼氏

◎連絡頻度は少ないけど実は自分だけに愛情を注いでくれている彼氏

価値観は違っていても後者の方がずっと愛を感じない??

私と価値観は少しズレているけれどもそこにはこの人なりの愛が隠れているんだな。

不安をそういう発見に変えて彼氏の価値観を少しずつ受け入れていく。初めは難しいと思うけど少しずつ試してみること!

二章

愛とか。

メンヘラ大学生

@HERA_MEN0715

人と長く付き合ってると、ふと「ああ、もうこの人は最初に私が好きだったあの人ではないんだな」って気付いてしまう瞬間がある 切ない

#最初に私が好きだったあの人ではない

25 それでも隣に居てくれる人

恋人のことを頭に思い浮かべ、共にした長い時間を一通り思い出してみると、楽しかった思い出と共に、その人に愛を感じた瞬間が確かな色彩を持ってじわりじわりとあふれ返ることでしょう。そして、その中には、付き合った当初好きだったけれど、今は変わってしまった、見る影もなくなってしまった。なんて悲しい変化も間違いなくあるはずで。

取り留めのない会話を交わしているときの言葉選びが丁寧で、話のテンポがどうにも心地よくて、変に自分を飾り付けようとせず、かっこつけないところが好きだったけれど、最近は会話も減り、出会いたての頃のような言葉選びが見られなくなって、言葉の細部に宿る余裕や美しさを感じなくなった。

完全に陽が落ちた時間帯、人通りの少なくなった静かな住宅街を歩きながら、その日あった話題をつまみに二人アルコールを摂る時間が好きだったけれど、ある日を境に仕事が忙しくなってから、お酒を飲むどころか、一緒に時間を過ごすことすらままならなくなった。

どんな時でも面倒くさがらずに返してくれていたＬＩＮＥと、常にユーモアにあふれた豊富な語彙力が好きだったけれど、いつからか、話す内容は薄くなり、誰にでもできるような定型的な相槌に終始し、背景を空白が悲しく埋めるようになった。

いつでもにこにこと目を細め、見守ってくれるような心強い笑顔が好きだったけれど、いつからか、その笑顔と全く目が合わなくなった。

時間というのは残酷なもので、学生から社会人になり、付き合う友人の層が変わり、飲む場所にトリキは選ばなくなり、紙タバコは電子へと姿を変え、伸ばしていた髪は短くワックスで整えられ、部屋にあるギターには触らなくなり、趣味だった本を読むことも少なくなり、連絡も滅多に取らなくなり、たまの休日は外に出ることもなくなり、疲れている顔ばかり見せるようになり。

悲しいことだけど人と、それに伴う関係性は、良くも悪くも時間の経過とともに変わっていきます。俺たちは、「今目の前にいる人は、好きだったいつの日かの恋人ではないのだ」というある意味での絶望と、憂いと、寂しさとを抱えて生きながら、それでも今もなお最愛の人が隣にいてくれることの尊さを、そして、たまに垣間見える好きだったいつの日かの姿を心にしまい、大切にして生きていけたらいい。それが愛の本来あるべき姿なのだと、俺は心から考えるのです。

メンヘラ大学生 …

@HERA_MEN0715

好きだったあの人と復縁したいなあと思ったとして、復縁して満足かと言われればそうではなくて、戻りたいのは初めてデートしたキスをしたドキドキが止まらなかったあの日であって、もうお互いの愛情の底を知ってしまった今、あの日には到底戻れないわけで

#愛情の底

26 復縁という名の遠い縁

目の前にいる恋人のことを好きでいるつもりが、いつの日かの思い出に恋をしていた、なんてことがある。

目の前のその人に恋しているつもりが、出会った頃のドキドキと錯覚し、見間違えていただけ、なんてことがある。

最愛の人と歩いているはずなのに、互いになんとなく違う風景が見えている気がする、なんてことがある。

好きな人と一緒にいられて楽しいはずなのに、過去の思い出ばかりを思い起こすようになった、なんてことがある。

見慣れているはずの横顔が、一瞬知らない誰かに見えた、なんてことがある。

復縁がなかなか実らない、続かないというのは、それが理由だと思います。

メンヘラ大学生

@HERA_MEN0715

…

好きだけどこの人とは離れなきゃいけないって、心では分かってるんだけど、ブロックしたり物理的に距離とれば絶対いつかは忘れられるはずなんだけど、もしかしたら明日メッセージが届くかもしれないとか、そういう自分に都合のいい未来に縋って、結局動けずにズルズルいってしまうんだよな

#結局動けずにズルズルいってしまう

27 フタをしても消えない感情

「彼氏と別れたいんですけど、正しいと思いますか？」

「好きだけど、離れるのが幸せだと思っていて」

「ブロックしてでも距離とるべきですよね」


そんな悲しみにあふれるDMがよく届きます。俺も過去に感じたことのある苦しみなので、メッセージを目にするたびに、心臓が不規則に嫌な音を立てます。

たしかに、強制的に連絡手段をシャットダウンさせた方が、後々のことを考えると楽になれる気もします。

ただ、はたしてシャットダウンさせた感情は、そのあとも暴れることなく、落ちついたままでいてくれるんでしょうか。

そもそもですが「なんとしてでも、この人と離れなくてはならない！」という感情の裏側には「この人と何が何でも離れたくない!!」という激情が静かに隠れ、でも確かに存在しているということを、俺たちは自覚しなくてはいけません。

別にそんな好きじゃねえし……！と強がることはありません。恥ずかしがることもしなくていい。いいですか、俺たちは、身体だけの関係であっても、好きな人と離れたくないのです。どんなに脈がなさそうでも、手放したくないのです。都合の良い関係性でもいいから、自分の手元においておきたいんです。あわよくば自分だけを見ていて欲しくて、誰かのもとへなんて一度たりとも行って欲しくないんです。どんなに絶望的でもまだこちらを向いてくれるはずという淡い期待を、胸に抱いていたいんです。俺たちは、そんな激情を身体の内側に秘めていることを、まずは認めなきゃいけない。

想像してみてください。そんな自分の内側に広がる激情を受け入れず、向き合わずに、「とにかく離れなきゃいけない」という一心でＬＩＮＥをブロックしてみたらどうなるでしょう？　はたして、物理的に連絡できなくなったら、好きな人のことをきっぱり忘れられるんでしょうか。一切の未練なく、前を向いて、自分一人の生活に戻れるんでしょうか。

残念ですが、無理です！

もう一度想像してみてください。俺たちは、勢いで自らブロックしたにもかかわらず、LINEで連絡が取れなければ、朝起きて寂しさで狂い、夜中のテンションでブロックしてしまったことを後悔し、インスタでつながろうとします。インスタでつながるのが難しければ、電話番号をつたってSMSを送ります。「ごめん、ブロックしちゃったけどやっぱりやり取りできないのしんどい」って。そりゃそうです、まだ好きなのに、自ら無理やり激情に蓋をしてるんだから。それでも連絡がつかなかったらTwitter、挙句の果てにはPayPayのメッセージを通じてやり取りをしようとします、俺たちメンヘラは。結局、一人で悩んで病んでヘラって狂っているだけなんです。

感情は、行動によって制限できる場合がある。ただ、激情に至っては、行動によってはもう制限できません。過度な行動制限は、新たなるメンヘラの道を開くだけなので、安易にブロックに走らないことをここで俺と約束してください。

メンヘラ大学生　…

@HERA_MEN0715

恋人への「冷め」って想像以上にちょっとしたズレで始まるよな、毎回会う時に5分遅れてくる、なのにヘラヘラしてる、前話した会話の内容を覚えていない、約束してた電話が来ない、後で「寝てた〜」とだけLINEが来る、この積み重ねでキンキンに冷めるなマジで

#積み重ねでキンキンに冷めるなマジで

28 過去を言葉にする

冷める、そして冷められる、といった曖昧な表現は、非常に使い勝手が良い。そのお陰とでも言うべきか、ときにその敗れた恋の責任の所在をも曖昧にするから、とても危険な気がしていて。「冷めた」んじゃなくて、長年の恋が終わるほど、ひどく嫌な思いをして、恋を終わらせたのか。「冷められた」んじゃなくて、小さなもやもやの積み重ねで、愛想をつかされ恋に破れたか。

どちらにせよ、数文字程度で済ませられるくらいの恋ではなかったはずです。最愛の人と付き合った激動の何年間には、二人の間で生まれたいくつもの物語が存在していたはずです。数え切れないほどのドキドキと、ワクワクと、キラキラと、呆れと、諦めと、失意と、決意とがあったはずです。その色褪せないストーリー一つ一つを振り返ったとき、「冷める」「冷められる」で済ませてしまうのは、あまりにももったいないことだと思うんです。

出会いたての時期には、一目惚れをして、ぱっと視界が明るくなるような感覚があったんじゃないでしょうか。運命の人に出会えて、ピアスを初めて開けた時のような、年甲斐もなく心躍るようなきらめきがあったんじゃないでしょうか。

付き合ってからは、悩みながらデート前に服装を選ぶ、なんてどうしようもなくいとおしい瞬間があったはずです。手元に届く一つ一つのメッセージが待ち遠しくて仕方なかった瞬間も。初めて目にする彼の寝顔にもっと触れたくなるような衝動も。それら全ての時間が、二人の絆をたしかに形作っていました。

その一方で、ネガティブな瞬間も、確かにあったはず。今までに見たことのない怠惰な姿に、気持ちがしおれることも。あるときは、はじめて裏切られて、大きな失望を感じた日もあったはずです。それこそ、もう一緒に居られないと絶望したことも。それでも、好きだからこの人と一緒に乗り越えたいと、許す決心をした日もあったはずです。

最高の出会いも、失望の別れもあった。誰かに話したくなるような時間も、誰にも言えないような最低な出来事だってあった。

じゃあ二人で何を大事にしてきたから、一緒に居られたのか。逆に何が大事にできなくて、してもらえなくて、最愛の人と離れることになったのか。「冷めた」という言葉に安易に頼らず、今一度、懐かしい写真でも見返しながら、たしかに好きだった人と過ごしたストーリーを脳裏で思い出してみる。

過去の恋愛の経験と感情を振り返り、言語化するというのは、とてもしんどいことだけど、これから先の恋をより良く彩るために最も大切な道程なのかもしれない。

メンヘラ大学生

@HERA_MEN0715

…

深夜なので皆さんの恋愛激ヤバエピソードをこのツイートにリプしてください！！！！！　消したい過去もクソみたいな黒歴史も忘れたい元カレの話でも何でもアリです！！！！！！　とりあえずみんなで笑って供養しようぜ！！！！！！！！！！！！

#とりあえずみんなで笑って供養しよう

29
別れを供養する

別れるということは、その瞬間からわたしたちはもういっしょにはいられないね、離れるしかないね、という絶望を認める行為である。

好きか嫌いかは置いておいても、とにもかくにも、お互いがこれからの人生に存在しなくなるということでもある。その選択は、時に無情にも一方的に行われる。片方の意見によってのみ決定される。残された側に、大きなモヤモヤを残して。

だがしかし、思い出は残り続ける。記憶に残り続ける。

だからこそ、別れを供養する、思い出して、笑って、泣いて、次の恋の糧にしてあげる。皆にはそんな一瞬を、提供してもらった。

エピソード1　一週間前に別れた元カレが、二人で一緒に撮った写真を鬼加工して

マッチングアプリのプロフィールにしていた。

そこに器用さを発揮されるの嫌すぎる。供養。

エピソード2　うつ病に臥せっている元カノを献身的に支えていたら、裏でしっか

り元カレと浮気されていた。

マジであなたには幸せが待ってると思う。そうでない世界なんて

クソすぎる。供養。

エピソード3　高校の時、モテるらしい先輩に告白された。その後あった運動会の

棒倒しで、元カノに狙われ続けた。

「合法的に○ッてやる!!」という執念を感じて笑いました。供養。

エピソード4　遠距離の彼氏と音信不通に。半年後きたＬＩＮＥが「ねてた」。なんか一周回って格好いい気がするのは俺だけでしょうか？　供養。

エピソード5　重くてメンヘラな女の子が好きだという彼氏。ご要望に応じてメンヘラになったら重いから別れよと言われた。罠すぎる。供養。

メンヘラ大学生

@HERA_MEN0715

…

恋愛において「いつか変わってくれるかもしれない……」って感情って本当に邪魔なんだよね、腐ったジャガイモはいくら期待して待とうが食べれるジャガイモには一生戻らないんだからそれでも好きだから〜つって一緒にい続けてるとメンタルが食中毒起こして死ぬ

#メンタルが食中毒起こして死ぬ

30 いつか変わってくれるかも

いつかこの人が変わってくれるかも、と理由なき幻想に縋るよりも、この人を受け入れられるような自分に変わろう、という決意の方が有効です。更に言うなら、この人を受け入れられるような自分に変わろう、という決意よりも、もう彼氏自体を変えてしまったほうがよかったりもします。

メンヘラ大学生　…

@HERA_MEN0715

「浮気は治りませんか？」って質問に答えるのマジでいつも困るんだけど、治るよ、人によっては治るよ、でも浮気に気付いたときの心臓の音がクッソバクバクする感じとか体の震えが全く止まらないあの感じは一緒にいる限りいつまでも引きずるからなそんな奴と一緒にいる意味ある？ねえよ

#一緒にいる意味ある?　ねえよ

31
「浮気？ しね！」

浮気した人間と、向き合う必要って、本当にあるんでしょうか？

浮気した人間と、向き合って、やり直して、その先に幸せはあるんでしょうか？

俺は、なかなかにハードな浮気サレ経験が数回あります。23の頃でしょうか、俺は久々に会った年下彼女の一人暮らしの部屋でだらだら時間が過ぎるのを待っていました。彼女は予定があり外に出ていて、俺はすることもなかったので、メンヘラ心がつい動き出し、インターホンをなんとなしに覗いたら（それがいけなかった）、うんと襟足を伸ばした見知らぬ男が、何回も、夜に部屋を訪れている様子が履歴に映っていました。俺と会っていない期間、何度も何度も。あまりの衝撃に、俺は数十分その場に立ち尽くしていました。その後はふごふごと鼻を鳴らし涙も止められないままに一人家を後にしたわけですが、実をいうと、俺はいまだにその元カノを忘れることができていません。酒を飲む度に何度も思い出します。週一で夢に出ます。アルバムでにここにこと笑う彼女の写真も消すことができずにいるし、何故か、もう一度会って話したいとすら思います。襟足も伸ばし続けています。

ということは、俺はまだ彼女の存在を引きずっていて、心の中では好きなんでしょうか？　未練が残っているのでしょうか？　復縁したいのでしょうか？

いいえ、それは明確に否定させてください。

浮気サレ側の俺から言わせてもらうと、これはれっきとした脳みそのバグです。一方的に傷つけられた経験って、実は深く大きい傷として記憶に刻み込まれるんです。深く切った腕の傷を見ると、いつの日かのしんどさや苦しみが鮮明に思い出されるのと同じように、脳みそも浮気された記憶を何度も繰り返し掘り起こします。アルバムの写真を見たり、ＬＩＮＥのやり取りを見返したりして、思い出せば出すほど。忘れたい記憶であればあるほど、いつまでも忘れられない脳の仕様になっているんです。なぜか被害者であるはずなのに、その人の影を追ってしまう。今も一緒に居られた世界線を想像してしまう。復縁を考えてしまう。

けっして、その人に未練があって、存在が気になっているわけじゃないということだけ覚えていてほしいんです。まだ好きだとか、そんなこともない。脳みそがバグっているだけ。その人にされたことを振り返りすぎて、抱えきれずに処理落ちしているだけ。浮気されたという経験と苦しみは、悔しいけど、嫌だけど、これから先も残り続けるし、忘れられないし、夢にも出続けます。そういうものだと、俺は思っているし、ある意味諦めてもいます。

だから、浮気された記憶とまっすぐに向き合おうとか、いつか忘れてやるとか、俺はそんなつもりもないし、強い決心なんかさらさら持っていません。しんどいものはしんどいんだと、ただ受け入れています。ただ、こういう思いは自分の大切な人にはさせない、そこには強い決意を持って生きていけたらいいのだと思っています。

メンヘラ大学生

@HERA_MEN0715

…

せっかく好きな人と付き合えたと思ったら「付き合ってることは秘密にしてほしい」って言われるアレマジで謎すぎてヤバいな、もちろんわざわざ人に言いふらす必要も無いけど誰一人にも言わない意味が全く理解できんしそんなん恋人じゃねえ強めのセフレだわ

#そんなん恋人じゃねえ強めのセフレだわ

32
強めのセフレ

俺は好きな人と付き合えたら、全人類に伝えるべく世界中の言語を丸ごと勉強しだすくらいには、付き合ったことを言いふらしたい。町ですれ違った名前も知らない通りすがりの人に「俺、好きな人と付き合えたんですよ」とそっと耳打ちしてドン引きされたい。大声で好きな人の名前を叫んで、散歩中の犬に警戒されたい。適当な11桁の電話番号をスマホに打ち込んで、出てくれた人に付き合った報告をしたい。真面目に仕事する素振りだけしながら、企画書いっぱいに彼女の名前をタイピングしたい。それをまだしないのは、まだ俺の中に絞りかす程度に理性が残っているからで、それが飛んだらいつこうなってしまうかわかりません。

それなのに、そのハッピーな事実を言わないどころか隠してしまう、という判断はあまりにもいただけない。「お前と付き合ってることなんて、人様に話せないよ」と言われているようで、とても悲しい。尊いはずであった関係性が、不都合であることかのように感じられて、悔しい。少なくとも、大切な友人くらいには伝えさせてほしいと俺は思っています。

まあでも実際問題、「付き合っていることは隠して！」と要求してくる人、不自然に隠そうとする人は、大抵不都合な何かを隠している、かつ不誠実な人が多いです。それこそ、他の女性にアプローチをかけているから他に知られるのは避けたいとか、二股をかけているからそれがバレないようにしたいとか。上手い言い訳はするでしょうけど、結局埋まっていた真実はそういうしょうもない事ばかりだったりする。

皆さんも大切な存在ができましたら、秘密になんかせず、全世界に言いふらすくらいの気持ちで、たんと愛してあげてください。

メンヘラ大学生　…

@HERA_MEN0715

あんまり好き好き言わないカップルの方が長続きするって聞いてマジでウケてる、その「好きって言いすぎると好きって言葉に慣れて飽きるからあんま言わない方がいい」ってスタンス謎すぎるでしょ、その「好き」が摩耗してく感じなんなん、こちとら好きに賞味期限もクソも無いんだわ

#好きに賞味期限もクソも無い

33
言葉の美しさ

無言でも気まずさを感じない関係や、軽口をたたきあえる関係性。わざわざ感情を言葉にしなくても、通じ合えている関係性。これにあこがれを行きすぎているくらい持ち上げ、過剰に持て囃す人々がいる。

たしかに、そんな関係性を好きな人と築くことができたのなら、どんなに魅力的でしょうか。言葉を発さずともお互いの意図がわかる。空気感のみで、何を求めているかが読める。そんな関係性を築けたのなら、どれだけ居心地がいいんでしょう。誰にも侵すことのできない二人だけの空間、想像しただけでよだれが出るほどうらやましい限りです。

ただ、必ずしも最初から彼らはそういう関係だったわけではない、ということには注意を払わなくてはいけなくて。見るからに落ち着いている雰囲気を醸し出す街にいるカップルも、付き合いたての最初は、それこそ、ことあるごとに言葉にし、ぶつかり、喧嘩し、それでも諦めず伝え合うことを忘れなかった。その結果として今の関係性があるのだ、と。

ほのぼのと素敵な老後を過ごしていそうな老夫婦も、昔は、それなりにメンヘラをこじらせ、呆れることもあり、怒ることもあり、そのたびに向き合うことから逃げれずに、再構築することを選び、その繰り返しの果てに、今の関係性を確立したはずです。

またこれは、どちらかといえば少ない男性読者に伝えなくてはならないことですが、自分の感情と素直に向き合い、それを好きな人に伝えることは、ダサいことでは全くないですよ。小中高と男のコミュニティで生きていると、彼女に関することイコール悪、恥ずかしいこと、ダサいことだと擦り込まれますが、対女子、好きな人に関しては、むしろポジティブな感情は伝え過ぎた方がよい、と覚えてください。寡黙で、背中で語るのが格好いい男としての在り方だ、という時代は、もう終わったんです。恥ずかしいと思うことほど、むしろ積極的にしてください。

無言でも気まずくない関係は、確かに魅惑的な香りを放っています。でも、最初から気持ちを言葉にすることをサボる人に、面倒くさがって体面だけをなぞろうとしている人に、その日は確実に訪れないのです。

メンヘラ大学生

@HERA_MEN0715

…

浮気はどこからとかもうマジでどうでもいい、ヤったらまあ当たり前にアウトだけど「異性と2人きりで飲みに行ったら？」「異性と泊まったら？」「ホテル行ったけど何もしてない場合は？」とか、浮気かどうかは置いといて好きな人が嫌がる事はすんなよ人として

#浮気かどうかは置いといて好きな人が嫌がる事はすんなよ人として

34 浮気の本質

この言説にはかなりの賛否両論があると思いますが、俺は、基本的に浮気はバレた時点で浮気が成立する、と考えるようになりました。

前提として、恋人を傷つける行為は絶対にやめるべきです。でも、たとえば彼女が誰かと浮気をし、それを巧みに隠せたならば、俺はそれは浮気であるとは思わない。自分も浮気された身ですが、本音でそう感じています。

浮気の本質は、その行為云々より、誰よりも信用し、されていた恋人を傷つけたこと、一生消えることのないトラウマを植え付けたこと、そこにあるように思います。浮気する度量がないのに、無様にバレ、後になって真っ青な顔をして謝り倒す。隠し通す器量がないくせに、他の女に揺れる。自分の心の内をはびこる罪悪感に勝てずに、なぜか自ら浮気をカミングアウトしてくる。自分がかっこいいと思って付き合った人の、どうしようもなさが露見した瞬間、そのどれもがダサくて、自分勝手で、どうしようもない。恥ずかしい。言い訳が聞いていられない。浮気は主にこの部分がきついと思うわけです。

大前提、浮気などするべきじゃない。そもそも浮気はバレた瞬間のみを傷つける行為ではなく、その後の人生全てを狂わせる行為だから。

浮気された人間は、よっぽど強いメンタルを持った人以外、基本的に壊れます。常に人を疑うようになります。誰にも期待しないようになります。無気力で生きていくことになります。そんな出来事を分かっているうえで浮気するのであれば、絶対に気づかれないという強い気概をもって墓場まで持っていく覚悟ですするべきだと思います。

いや、だから、浮気なんてするなよ。ここまで読んで、「バレなきゃ浮気じゃないんだ！」と解釈した人は多分恋愛向いてないです。恋愛するな！

メンヘラ大学生

@HERA_MEN0715

失恋、別れたその瞬間よりも、2人の写真がインスタの投稿から消えてるのに気付いたときとか、LINEのアイコンが自分の知らない誰かに撮ってもらった第三者視点に変わってるとか、そういう不意に食らうダメージが 地味に重い

#失恋、別れたその瞬間より不意に食らうダメージが地味に重い

35 本当の別れ

本当の別れとは、恋人にもう想いがない、とを告げられた、恋が散ったその瞬間ではなくて、一人の時間を過ごしていた際に、その人の存在が大きかったことにふと気付き、自分の生活の大部分を占めていたことに気付き、二人で居た記憶を思い起こす瞬間だと思っています。

なんだか、ＬＩＮＥでよく使っていたこのスタンプ、全く使わなくなったな。そっか、あの人にしか送ってなかったもんな。

セミダブルのベッドって、一人で寝転がると案外広いものだな。二人だと、狭い狭いって文句言って笑いながら、くっついて寝てたよな。

夜中に近所を散歩するのが好きだと思ってたけど、一人でしても案外つまんないな。もしかしたら、なんも考えずくだらない話をだらだらと喋るあの時間が好きだっただけなのかもしれない。

Instagramに載せてた風景写真、いつの間にか消えてたな。

二人で追いかけていた映画の続編出るのか。一緒に観に行こうって約束していたんだけどな。

物に罪は無いと思っているけど、彼氏が残していったパーカー、着られないな、なんとなく、柔軟剤の香りが残っている気がして。

帰るとき、必ず灯っていたアパートの明かりがいざ無くなると、寂しくて仕方ないな。付き合う前は見慣れていたはずなのに。

街中で、聴いたことのある声が耳に届いた。彼女が応援していたインディーズバンド。知らない間にメジャーデビューしてたんだ。彼女も喜んでるかな。

部屋を掃除してたら、見つけたあの人が吸ってたタバコ。興味本位で吸ってみたら苦いけど、懐かしい匂いがした。

友達に勧められるけど、まだ入れる気になれないマッチングアプリ。別れて一年経つのに。

ＬＩＮＥのアイコン、俺が撮ってあげた写真からいつの間にか変わったな。知らない写真に映ってるその笑顔は、一体誰に撮ってもらったものなんだろう。

そしていつか、そんな寂しさや切なさすらも忘れ、元カレ元カノの存在すら思い出さなくなる日が来るということ。その瞬間こそ、本当の意味での別れなのかもしれない。

メンヘラ大学生

@HERA_MEN0715

…

いい人と都合のいい人は紙一重なので

#いい人と都合のいい人は紙一重なので

36 いい人と都合のいい人

いい人と都合のいい人は紙一重です。

いい人は他人からのお願いを断ります。都合のいい人は他人からのお願いを断りません。

いい人は自分の世界があります。都合のいい人には自分の世界がありません。

いい人には振る舞いにさりげなさがあります。都合のいい人には振る舞いにさりげなさがありません。

いい人には余裕があります。都合のいい人には余裕がありません。

いい人は相手のことを一番に考えています。都合のいい人は自分のことを一番に考えています。

いい人は待ちます。都合のいい人は追いかけます。

いい人と都合のいい人は、紙一重です。

メンヘラ大学生　…

@HERA_MEN0715

別れても友達に戻ろうぜ！　タイプの人マジすげ〜、昨日まで恋人として愛を語り合ってセックスもして「◯◯くんちゅき♡」「おれも♡」みたいなクソ恥ずいLINEしてたくせに別れていきなりハイ明日からは友達です〜とかそんなんムリやろポジティブの方向バグってんか

#ポジティブの方向バグってんか

37 別れても友達に⁉　ムリ‼

これは、別れても友達関係に戻れている人を否定しているんじゃなくて、決定的に分かり合えない大きな事件があって、感情的なすれ違いがあって別れたくせに、「またこれからも友達としてよろしく！ｗ」などと心のない提案ができてしまう人の、気遣いのできなさに絶望する、といった方が正しいかもしれない。

元カレ元カノといまだに仲いいよ、という人の中には、物理的な距離のせいで別れるしかなかった、経済的に別れるしかなかった、などの事情があった場合もあるかもしれない。そんな前提のもと、建設的に話し合った上でのさよならであれば、のちにまた問題を解消し巡り合うことがあれば、友達に戻れるかもしれない。

しかし、別れた直後、別れ話の最中から「友達に戻ろうね」という提案をできてしまうのには、やはり個人的には相当の恐怖を感じる。お互いに好き合っていた二人。尊いはずのその関係を終わらせようと、かなりの決意をもって別れ話をしているのに、それでもなお近くに置いておこうとする気持ち悪さ。切り替えの早さ。相手の気持ちを慮ることのできない浅はかさ。どうしても違和感と悪寒が止まらない。

というか、これを言えてしまう人って、相手の好感がまだ自分に向いているのを暗に理解していながら、「離れたくない」という本音を分かっているからこそできてしまう、カスすぎる提案なんですよね。「コイツは俺の元から離れられない」という前提のもとで言っている。そういう、人の弱いところに付け込む感じがシンプルに好かない。

いずれ、また感情が季節とともに一周して、巡り合うことがあれば、友達関係に戻ることがあるかもしれない。復縁の可能性だってそれはお互いが過去の記憶を清算できたいつかの話であって、それができていない間に一方的に「友達に戻ろうぜ！笑」とのたまうのは、いささか傲慢すぎやしないか。

メンヘラ大学生

@HERA_MEN0715

クソみてえな恋人だって自分で分かっててもいざ実際ソイツと別れるってなったらキツいに決まってんじゃんこっちは好きで付き合ってんだから、でも離れる決心はマジで無駄じゃない別れてしばらくはクソみてえな毎日でクソみてえに泣くだろうけどそれ乗り越えたら必ず新しい出会いが待ってる絶対

#必ず新しい出会いが待ってる絶対

38
離れる決心

人と人が付き合っている、心の中ではさまざまな感情がうず巻いています。素直な恋愛感情もあれば、「情」で離れられない人もいるでしょう。大切にしてきた人間関係から離れる、長年大事にしてきたものを手放す、そんな決断を自らできた人には、間違いなく良い出会い、運命的な出会いが待っていると俺は信じています。

人間には、その人に生まれつき定められた「縁のキャパシティ」があると思っています。要するに、花を生ける花瓶のようなものを想像してもらえたら分かりやすいでしょうか。

花瓶の形は十人十色様々あり、それぞれの形に適した水の注ぎ方、注ぐことのできる量があります。同じように、俺たち人間にもそれぞれ、一生の間で誰かを大事にできる総量が決まっているんです。誰彼構わず同じ熱量で愛することはできないんです。だから、たとえばセフレのような関係の人と頑張って一緒に居ようとして、花瓶の形を変えようとしても、合わない人とは永遠に難しい。無理やりに愛そうとしても、注ぎ口は割れ、欠片は元には戻らずに、あなただけが壊れていく。花瓶の形が合わない人に執着している限り、他の人に出会う余裕もない。他に運命的な出会いがあったとしても、人知れず消えて、はかなく散っていく。

でも、確かに形がぴたりと合う、いわゆる運命の人はどこかに存在するんです。誰にも共感してもらえなかった、だけど自分の中で大切にしてきた何かを肯定してくれる人は、突然現れるんです。

自分で手放す決断をしたときにこそ、運命は動き出します。誰かに縋っているときには、見境もなく自分自身を壊しているときには、出会いは生まれません。何かを捨ててから、物事は急激に動きだすのです。

メンヘラ大学生　…

@HERA_MEN0715

SNSで恋人が自分に関する投稿してくれるとか友達に自分の話してくれるとか人前で自分の存在を認めてくれるから恋人としての自信が溢れ出てくるんだよな、それを付き合ってるのに秘密とかにされるから世の中に匂わせが蔓延るんだよ皆もっと恋人の存在を前面に押し出せ匂わせるな、嗅がせろ

#匂わせるな嗅がせろ

39
嗅がせろ

少しの間だけ暴言を吐きますが、まず好きな人のことを匂わせても痛くないのは芸能人だけです。いや、芸能人でもすこしばかしきついかもしれない。

芸能人が裏でお付き合いをし、ばれない程度に同じ服を着、似たような背景をSNSに載せてバレる……というその流れ自体ちょっときついのに、俺たち一般人が一丁前にそれとなく恋人ができたことをほのめかしても、良いことなんて何一つありません。間接的に恋人がいることを自慢したって、見る側からしたら「何がしたいんや⁉」で終わりです。俺たちが人に興味ないように、そもそも人は、俺らに興味などありません。

ですので、どうせなら、「ん？　なんか匂うな……？」程度に匂わすのではなく、分かりやすく、しっかりめに嗅がせましょう。

恋人ができたなら、しっかりアピールしましょう。ストーリーにだって思う存分載せればいい。遠慮なんていらないので、幸せ全開でいきましょう。その方が、見ている側も意外とほのぼのするものです。

ちっさ～な文字で、「結婚前の準備ってほんとに大変～来週の両家顔合わせ緊張してきた～」などとにじみ出る承認欲求をつらつら書き綴るよりも、堂々と「彼女と二年！　いつもお世話になってんで」とツーショット見せてくれた方がいいです。めでたいです。

それをなんですか、なんか繋いだ手元をアップした写真とともに「もう、離さないからね」って。しかもぎりぎり見切れそうな位置に、視力2・0でも見えないくらいちっさい文字で。スクショして拡大しないと見えないレベルですよ。何がしたいんだ、マジで。

と、言いつつも、恋人のことをSNSに載っけたい気持ちは痛いほど分かるんです。彼氏のこと誰かに言いたいけど自慢って思われたくないし……。でも載せたい……！　そんな葛藤で「匂わせ」が生まれて、結果的にその中途半端さが一番ダサくなってしまう。匂わせになるくらいなら、突き抜けたほうがずっといい。

分かりやすい幸せのほうが、見ている人も素直に祝福できるものですよ。

メンヘラ大学生

@HERA_MEN0715

…

生きてる中で本当に仲良い何でも話せる友達って3人いればいいと思ってるんだけど、自分が一方的にソイツをマブだと思ってるだけで相手にとって自分はその3人に入ってないかもしれないという妄想だけで1週間は病めるわマジで

#妄想だけで1週間は病めるわマジで

40 俺らってマブだよな？　そうだよな？

誰に対しても、「自分は友達だと思っているけど相手からは思われていないかも」「自分は好きだけど恋人は大して俺のこと好きじゃないんだろうな」という、ある一定の恐れを含んだ諦念を抱えて生きてきました。

なぜでしょうか、たぶん俺は、勘違いするのが怖かったんだと今になってわかります。変に他人との関係値に期待をして、そこに実情が伴っていなかったとき、不意にダメージを食らうのが、嫌だったんだと思います。

俺ら相当仲いいよな、と思っていたやつの結婚を、インスタの投稿で知るむなしさ。友達と思っていたやつに、結婚式に呼ばれなかったんだなという、情けなさ。関係値をずっと勘違いしてきたことへの恥ずかしさ。もうこういう痛い思いはしたくないな、という恐怖。そういったネガティブな感情と距離を保つために、「まあそれなりに仲良いと思っているのは自分だけで、別にそこまでの関係性じゃないよな」と、誰に対しても思うようにしていました。

今なら言える気がします。勘違い上等、と。

俺が友達と思っているなら、相手がどう思っていようが、結婚式に呼ばれなかろうが、誰が何と言おうが友達なんです。結婚式は呼ばれなかったけど、素直にめでたいなと、祝える人間であればいい。おめでとう！　と、メッセージできる人間であればいい。その考え方ができるようになった今、割かし心が楽になりました。

考えてみれば、何度断っても懲りずに飲もうぜ、とメッセージを送ってくれる友達がいます。久しぶりに会っても、昨日会ったくらいのテンション感で話せるやつがいます。何故か、ずっと緩やかにメッセージを続けているやつもいます。実家に戻ったら、必ず「いま戻ってる？」と連絡を寄こしてくるやつがいます。二ヶ月に一回、「ボルダリング行かね？」と連絡をくれる先輩がいます。

そう思ったら、俺なんかが飲みに誘ったら迷惑かな…なんて卑屈な思考が頭をよぎらなくなりました。会いたいやつには、LINEするようになりました。「友達」とかいうよくわからない枠組みにとらわれすぎていたのは、俺だけだったのかもしれません。

勘違い？　上等ですよ。もっとハッピーに、自分に都合よく、考えすぎず物事に向かっていく。そんな適当さが、人間関係では必要だと、思い知りました。

メンヘラ大学生

@HERA_MEN0715

…

LINEの返信がコイツ1日中寝てんの？レベルで遅い男よりスマホ触ってる時くらいはちゃんと返信してくれる男の方がカッコイイよマジで、「別に1日くらい返信しなくても良いや笑」なんてノリでいるとマジで彼女取られるぞ他の男に、誰とは言わないけど、あの、佐藤健に

#マジで彼女取られるぞ他の男に

41 佐藤健LINE早すぎる

佐藤健に取られるならまだ仕方ないか……なんて諦めが一瞬よぎりましたが、冗談はさておき、どうしたって人は人と比較する生き物であることは確かです。見た目だけの話でも、センターパートよりマッシュが好きだとか、髪色は黒髪正統派が好みだ、いやいや茶髪のほうが刺さるんだと、人によって細かい基準が存在しています。

そして、それは中身、性格、センスに関しても同じことが言えますね。

LINEするより会えた方がいいでしょ、いやいや会えない時間をどう彩るかの方が大事だから。

服がダサいのはなんか許せない、いや普段ダサくてもいいから記念日は渾身のおしゃれして欲しい。

金銭感覚ゆるくてもいいよ、いやちゃんと将来のこと考えてちゃんとして欲しい。

人によってどうしたって譲れない基準がある。そして、その基準が奇跡的に合って、今好きな人の隣に居ることを許されている、ということを忘れてはいませんか。

今だって、人は無意識のうちに、比較している。私の彼氏、ＬＩＮＥ全く返してくれないけど、同僚の彼氏さん、いつも早いらしいんだって。いいなあ。わたしだって返してほしいのに。

彼女、全然時間作ってくれないんだよ。お前、彼女と毎週旅行いってるよな、なんか俺、めっちゃしんどいかも。付き合うということは、「誰のとこにもいかないよ」という一定の契約的意味を持っていますが、いつまでも「この人は今の俺のことが好きなはずだ」に頼り切って、変わる努力を怠っていたら、平気で他の人のもとへ行ってしまうかもしれない、ということ。そしてそれは佐藤健だけでなく起こりえることなんだと、覚えておきましょう。

メンヘラ大学生 …

@HERA_MEN0715

「こっちは別に嫌いじゃないのに何故か一方的に敵対視されてるせいでこっちも嫌わざるを得ない人」がこの世で1番めんどい

#ここっちも嫌わざるを得ない人

42 人間関係の常

本当にいますよね、こういう人。そして、こういう人を見るたびに、もったいないことしてるなあ、と感じます。

人間関係の基本中の基本は、「とりあえず相手のことを知ろうとしてみる」ことだと思っています。仕事の場や恋活、初めて出会う場所で、それまで関わってこなかった相手と仲良くやっていくには、その人となりを、知って、理解して、こういう言葉は言わない方がいい、逆にこういう話題は喜びそうだ、と思いやる作業が双方に必要になります。

にも拘わらず、その努力を怠る人がいる。なんとなく合わない、という雰囲気を感じ取っただけで、壁をおろしてしまう人。会話をせずに、嫌いだと決めつけてしまう人。

ほら、今もまた、一つの出会いの可能性が死んでいく音がしました。

メンヘラ大学生　…

@HERA_MEN0715

どれだけ好きで1週間は泣き続けるくらい引きずるような恋でも1年経てばマジで忘れられるから、逆に思い出してみて欲しい今から1年前の元カレ元カノでまだ泣ける??　泣くどころかマジで笑い話になってるし下手したら新しい恋人降臨してるから、って数年前泣いてた自分に言う代わりに今しんどい貴方へ　　情に棹させば流される。山路を登りながら、こう考えた。
情に棹させば流される。山路を登りながら、こう

#1年前の元カレ元カノでまだ泣ける??

43

一年前の涙は今日の笑い話

小田急線、町田駅から徒歩8分、商店街を進んだ奥の奥にある居酒屋の、四人席しかないカウンターで一人飲んでいたとき、隣の席で同じように一人で飲みに来ていた今年30になるという男の人が、後悔を一つこぼしていきました。

「付き合っている間、ずっと甘えてしまっていた。なにがあっても彼女は自分のもとから離れないだろうという過信があって、今思えば、俺は、俺の持てるすべてを、できる全力を、彼女に注がなかった、ように思う。会うとなれば彼女ばかり最寄り駅に来てくれていたような気がするし、LINEだって、催促されて初めて返すことすらあった。それが、普通だと思い込んでいた。『たまにはこっち会いに来てよ』という言葉も、『今度行くわ』と流して、結局行くことはなかった。彼女が本気で向き合おうとしてくれたあの日も、俺はいつも通り10分くらい遅刻して、でもそのあと軽く謝れば許してくれるだろうなんて軽く考えていて。彼女が、真剣にこれからどうしたら付き合っていけるか話してくれていたときも、ずっと上の空だった。どうせこの後もなんとかなるんだろう、付き合っていくんだろうと思っていた。解散した後、私たち別れましょうとLINEがきて、その期に及んでも、俺はまだ余裕ぶっていた。謝ったら許してくれる、と。結局、その日が最後に彼女の顔を見た日になったよ。あれだけ彼女が向き合おうとサインを出してくれていたのに、無視していたんだから。それからもうずっと後悔しかない。なんでその時に本気で考えなかったんだって思い出す度に、自分を殺したくなる」

本厚木駅から徒歩3分、広場の向かいにある、特に洋食が美味しいバーで、良く見知った女友達が、晴れ晴れとした顔で過去のしずくを落としていきました。

「本当にしんどい恋だった。すぐにでもやめたくて、でもどうしてもやめられない恋だった。このままじゃ離れられないわ、と思ってから、彼氏ととことん向き合うことにした。直してほしいところも伝えたし、彼との将来を現実的に見据えていることも話した。もちろん、どれだけ私が好きなのかも。これで無理だったら仕方ない、と笑って言えるくらい、言い訳ができないくらいに。だから、それでもだめだった最後は、きっぱり言えたよ、今までありがとうって。彼氏もすんなり別れを受け入れていたけどそれはちょっぴり寂しかったけど、全く、後悔はないし、さっぱりした気持ちなの、今は。彼氏にできるすべてをやれて、彼にとっても、そして私にとっても良かったと思う。離れるために私に必要だったのは、たぶんそのやり切る覚悟だったから」

後悔と執着は、きっと自分が人とどれだけ向き合えなかったかを、恐ろしくも表面化させるのだと、ハッとさせられる思いでした。

メンヘラ大学生

@HERA_MEN0715

…

浮気するくらいならさっさと別れて浮気相手と付き合えよって思うんだけどマジで浮気するメリットってなに？　刺激が欲しいの？　バンジージャンプでもすれば、命綱無しで

#バンジージャンプでもすれば、命綱無しで

44 懐かしツイート

このツイートを見ると懐かしさで卒倒しそうになります。

結構真面目な話になりますが、この投稿を見て「救われました」「スカッとしました」というＤＭをたくさんいただけて、個人的にはすごくうれしかった思い出があります。

浮気されるという経験は、下手したら一生残る傷になりえます。そんな悩みを何度も聞いていて、被害者が少しでも笑ってもらえるように、加害者にすこしでも刺せるように、言葉を選んだ記憶があります。

今も浮気された経験に悩んでいたり、フラッシュバックに困っている人に、少しでも届けばいいなと思っています。

メンヘラ大学生

@HERA_MEN0715

…

「クソだった元カレに復讐したい」って女の人結構いると思うんですけど、とりあえず元カレの事は忘れて自分磨きして、いつか「久しぶり〜俺の事覚えてる？　笑ご飯行かない？　笑笑」って連絡が来た時に「え、誰？」って答える事が最高の復讐になります

#クソだった元カレに復讐したい
#支配
#復讐

45
「クソだった元カレに復讐したい」

元カレへの最高の復讐は「元カレなしの人生で幸せになること」です。

もっと言えば、「その後の人生で元カレの存在をきれいさっぱり忘れること」です。

まず、「元カレに復讐したい」という動機を捨てること。復讐したいからではなくて、一人の人間として、女性として、魅力的になるために自分磨きするということ。

元カレの存在は、いったん置いておきましょう。元カレの影がちらついたとしても、あくまで気にしない、というスタンスを貫く。自分の人生のど真ん中に元カレを据えないようにする。元カレとの思い出に縋りいつまでも支配されないようにする。

元カレのことを意識してした努力は、結局のところとことん元カレの好みに寄ってしまいます。そうやって誰かに好かれたとしても、いわば元カレの亡霊を見つけたに過ぎません。それだと、本当の意味で元カレを見返すことはできない。なんとか元カレのことを忘れようと藻掻いて、自分磨きに励んで、前までの自分から脱しようと努力して、ようやくその存在が生活の中で小さくなったとき。ふと、元カレの影が薄くなったな、と自分でも思えたとき。あなたの本当の復讐が終わるのだと思います。

メンヘラ大学生

@HERA_MEN0715

…

好きだけど一緒にいても幸せになれない恋人、何かと否定してくる友達、都合いい扱いされてるのに会ってしまう元カレ元カノ、話が全く通じない奴、なんかウザい奴、全部切って良い年を迎えような、自分にとって本当に必要な人はいらない関係を切った後に現れる

#自分にとって本当に必要な人はいらない関係を切った後に現れる

46
切るべき関係

好きな人の本命じゃなくても、一番じゃなくても、他の女の子と同列でも、浮気相手でもいいから、とにかく一緒にいたい。

そんな風に思えてしまう相手がもしいるのなら、苦しいけど、切ないけど、どんなに好きでも、それは紛れもなく切るべき関係です。

そもそも、好きというかけがえのない感情に罪はない。人それぞれ、「この人が好きだ」と思うに至った事情・立場・捨てきれない感情があると思うから。

彼女がいないと言って近づいてきたのに、後から彼女の存在をカミングアウトされたり。好きだと言って近づいてきたから、こっちもその気になったら急に冷たくされたり。騙されてることはなんとなく理解していながらも、それでも離れられなかったり。

気持ちは死ぬほど分かる。だからこそ、自分、もしくは他人を犠牲にする恋愛は、やめてほしい、と思う。「二番目でもいいから」「浮気相手でもいいから」そうやって全くの他人を巻き込む恋愛は、もう自分だけの問題じゃない。相手には本命、一番がいるって頭では理解しているのに、それをぶち壊してでも、それでも離れられないと錯覚するほどの危うい関係。そんな関係を長い時間続けていくと、あなたの心は将来の不安ですり減っていき、得られるものは何もなく、下手をしたら相手の家庭を壊すリスクだけがのこる。

相手の家庭を壊して、自分の精神も壊して、そこまでして、そいつと一緒にいる価値はあるんだろうか。一度でいい、少しの間でもいい、連絡を絶って、一人で考える時間を作ってみてほしい。

そこで何か、新しいいい気付きを得てくれたらな、と心から祈っています。

三章

幸せとか。

メンヘラ大学生　…

@HERA_MEN0715

1度きりの人生好きな人いるなら死ぬ気で捕まえとけよ、振られたらアホみたいに泣けばいいしまだ好きならそのままずっと好きでいればいいし後悔だけはすんなよ特に中高生、別に失敗したところで何年か経てば酒のツマミになってるし上手くいけば好きな人とこの先ずっと一緒に笑える人生なんだ頑張れ若者

#好きな人とこの先ずっと一緒に笑える人生

47
痛い恋をする

エッセイを書いていて、唐突に「アレ、俺メンヘラ大学生何年やってるんだ?」という疑問にさいなまれたので軽く調べてみたところ、なんと五年目(!?)に突入していました。ビックリです。五年間にわたってメンヘラしてると思うとさすがに自分が怖くなってきますが、読者の中にもいまだメンヘラ現役の方もいれば、めでたくメンヘラを卒業し大切な人と幸せになった人もいると思うと、すごく感慨深いです。あの頃中高生だったフォロワーは大学生に、大学生は社会人に。時の流れは速い。速すぎる。

とはいえ、卒業する人もいればメンヘラデビューする人がいるのも事実。正直、歳が下の人に向かって、したり顔で「最近のZ世代は！　無気力だ！」などと、アドバイスという名の自慢話をするお歳を召された世代の方々があまり得意ではないのですが、今回ばかりは俺からのしたり顔のアドバイスに耳を傾けてくれると幸いです。

まず、若い頃には、その間にしかできない恋、経験があるということ。

セフレの数が多いことを声高らかに喋ったり、長年にわたり叶わぬ片思いをしたり、報われない恋をしている自分に酔い倒したり、彼女持ちの「一番は君だから」という言葉に騙されたり、夜職の人にどうしようもなく惹かれたり、やたらと年上に魅力を感じ憧れたり、いずれも結構。痛くて結構。痛いことを痛いと自覚できない時期にしか、得られないものがあります。

勉強もせずにネット恋愛にかまけたり、顔もわからないニコニコ動画の歌い手の声に恋したり、歌を投稿できるアプリで異性にチヤホヤされてその気になったり、ときにネカマに釣られたり、裏垢がクラスメイトにバレてイジられたり、ネットスラングを日常会話で使ったり、好きな人への手紙を他人に拡散されたり、メンヘラ大学生という名前でTwitterを始めたり、若い頃は自由に生き、好きにしたらいい。自意識なんてものは、そうやって形成されていくものですから。

25歳になり、あんな経験あったよな、マジ痛かったけど、それでも楽しかったな、なんて、友人と笑いあうことこそあれど、そのことを、心から恥じ病んでいる人は少ない。

それよりも、若い頃から「あいつ痛いよな笑」「高校デビューしてんじゃん」などと陰で冷笑し、そういうものを忌み嫌い、徹底的に距離を取った結果、数年後に何も得るものがなかった。誰かと笑いあえるコンテンツ、その場でしか伝わらない身内のミーム、かけがえのない人に出会うことができなかった。これこそが最も避けるべきものであり、何より痛いものだと俺は思うのです。

メンヘラ大学生

@HERA_MEN0715

…

女「別れた時はめちゃくちゃ病んだけど今ぶっちゃけ元カレと付き合ったのただの黒歴史だから無かったことにしたいマジで」

男「インスタで見かけた元カノなんか可愛くなってたな〜〜アイツ俺のことめっちゃ好きだったしまだ俺のこと好きやろ笑連絡しよ笑」

#男と女が最も分かり合えない瞬間

48 分かり合えないアレとソレ

男の人と女の人の、恋に関するさまざまな事柄へのとらえ方はこんなにも違うのかとがく然とすることが多くあります。元カノ元カレといった、昔付き合っていた人への抱える感情や接し方。浮気というそれまでの時間を揺るがす事件への考え方。恋の始まりと終わらせ方。第六感や裏切りへの嗅覚。何もかもが違うんだなと、歳を重ねるたびに感じさせられます。

そんな難しい男女の付き合いだからこそ、運命の人だ！　と思えるような人にも「なんでそんなことできるんだ」と戸惑いを覚えることがある。「分かって欲しい」と思うことがある。「ムリかもしれない」と絶望することがある。だから最近は無理やり分かり合おうとする姿勢より、分かり合えない部分を認める、許す、そんな意識が大切なのかもしれない、と思うようになりました。

そういえば、学生時代の共通の友人が、終電が迫る時間の居酒屋で、氷だけになったグラスをからからと片手で鳴らしながら、こんなことを話していました。

「彼氏のインスタのメッセージ欄見たらさ、なんとなくこの人ってどういう人か、どういう関係なのか、どんな感情を持たれてるかーって、わかるよね。素性が」

「なんで？　実際に話してみなきゃ、どんな奴かなんてわからなくない？」

「いや、それがわかるのよー。醸し出す子が多いの、ＳＮＳって。わざわざストーリーにメンション付きで載せたり、メッセージで過剰に反応してきてたり。そういうタイプの女の子だけにビビっと働く、勘みたいなのがあるの」

「その勘とやらが間違ってることはないの」

「意外とないし、もちろん無責任に『この子と浮気してんでしょ！』なんて疑うわけじゃないからね。ただ、なんかこの女の子匂うな？　って勘が働いて、いざ『この子とどういう関係？』って問い詰めてみたら、昔ワンナイトしたこと白状されたこともあったたし。大体、そういう子って彼女がいてもいなくても距離感がおかしいし、分かりやすいのよね」

「へえ、そんな鋭いなんて知らなかった」

「あんたが鈍いだけよ」

ちなみに言わずもがなですが男女の会話です。そりゃあ、男女が心から分かり合えるはずもないと、俺はにやにやしながらその会話を聞いていました。

終電は逃しました。

メンヘラ大学生

@HERA_MEN0715

…

恋人って「推し」として認識するのが1番楽しいんだろうな、恋人がいなきゃ生きていけない!! じゃなくて自分1人でも充分人生楽しいけど推しがいれば人生もっと楽しい〜最高〜くらいのノリが精神衛生上1番良い、恋人中心で人生回すと別れた後の歯車の狂い方が異常だからもう1度言う、恋人は「推し」

#恋人は「推し」

49 推してるだけで、別に好きなんかじゃないんだから!!

自分でも散々「推し」という表現を多用していて恐縮ですが「推し」って、なんて安易で楽でズルい呼び方なんでしょうか。たとえば、好きなアイドルグループ、声優さん、ゲームキャラクターなんかを推しと呼んであげるのは、推し活なんて言葉も流行っているように、この上なくぴったりなシチュエーションのように感じていて。

逆に、推しという呼び方を選ぶことで、意図的に本当の感情を誤魔化しているような場合もある。俺たちは、ときにその便利な二文字に、逃げこんではいないでしょうか。

昼休みに学食で見かけた、笑顔がとても爽やかな、どうやらバスケ部のエースらしい三年の先輩がいる。大学の講義で見かける、そこまで話したことはないけれど、たまに聞く声に聞き惚れ、なんとなしに目で追っかけてしまう人がいる。居酒屋のバイトで、いつもミスをフォローしてくれて、頼りになり、プライベートでも仲良くなってみたい先輩がいる。会社の喫煙所で見かける、いつもけだるそうにしている顔立ちの良い別部署の同期。同窓会で再会した、あのころと変わらない、初恋の人がいる。

はたしてその人は推しなのでしょうか。それとも、もう淡い恋心が芽生え始めていて、「好きな人」と呼ぶべき存在なのでしょうか。

自分の心のうちに根を下ろし芽生えつつある感情を、恋心だと認めるのは、とても勇気のいることです。つい目で追いかけてしまうその人のことが好きなんだと自覚し、気持ちを認め、付き合うために話しかけてみよう、と行動に移す努力をするには、想像の何倍も多くのエネルギーが必要になります。もしもフラれたときのダメージを考えたら、今の関係性を保てなくなったら……。考えれば考えるほど、怖くて足がすくみそうになる。失敗した先を想像しては、夜も眠れなくなる。

だから、意図的に「推し」と呼んでしまう。あくまで視線の先にいるその人は推しに過ぎず、この初めての感情は恋では無いのだと、自分に言い聞かせてしまうんです。推しなら、一方的にかっこいいと思っているだけだから。万が一本人に好意がばれても、別にその「好き」は love じゃなくて like だと、否定できるから。もしもその人に彼女ができても、挑戦しなかった自分を許してあげられるから。それほど傷つかないで済むから。

俺は、推しという表現が好きだし、便利だと思います。推しという存在に、これから先も何度だって救われることでしょう。だけれど、一度考えてみてほしくて。

その二文字は、あなたの想いを隠すための盾になってやしないか。推しという言葉で、本当の気持ちから目を逸らしてはいないか。たまには人に期待して、たまには自分の感情を肯定して、「推し」という呼び方から「好きな人」へと脱するときがあってもいいのかなと心から思います。

メンヘラ大学生

@HERA_MEN0715

…

結局のところ返信早い恋人はマジで推せる、学校とか仕事で返信返せないのは別にいい、ただLINEに気付いてるのに「ちょっと焦らそ」みたいなのされるのはマジでダサいから辞めて欲しいしそういう時大抵インスタは更新されてんのほんと笑う、駆け引きするならもっと上手くやってくれな

#駆け引きするならもっと上手くやってくれ

50

駆け引きから卒業しましょう!

駆け引きと聞くと、なんとなくイヤなイメージが身体中を駆け巡ります。片思いしてる同士で「好きな人いるの?」「いるよ」「誰?」「そっちから教えてよ」なんて探り合うかわいらしい初球の駆け引きもあれば、LINEを返す頻度を丁寧に調整し「あれ、なんか返信来ないな」と心配させる上級テクニックもあったりする。

ある知り合いなんかは、構って欲しいときは「死にたい」を連呼するという、駆け引きと呼んでいいかも分からない捨て身の作戦を決行したりもしていました。どんな人も、ライトなものからヘビーなものまで、駆け引き自体経験してきたことでしょう。

ここで、皆様におきまして、心から懺悔したいことがあります。というのも、歳も18くらいの頃からそれこそ最近におけるまで、恋愛において駆け引きを多用していたこと。また、それを善として、ときに読者であるあなたにも勧めていたこと。本当に申し訳ありませんでした。

駆け引きが完全に悪とまでは言いませんが、年齢、時代背景、付き合うことになった流れ、そして使用する相手を選ぶものであり、濫用すべきものではなかった。そのことをここにお詫びしたいのです。

俺は、好きな人の気を引くためなら、恋人に好きになってもらうためなら、駆け引きは積極的に利用すべきだと思っていました。たとえば、適当な理由を見繕っては別れようと告げてみたりして、相手を不安にさせるような、試し行動を連発する。LINEの返信を意図的に早くしたり遅くしたりして、主導権を握ろうとする。せっかくのデートの別れ際、あえて不機嫌になって、「なにか悪いことしたかな」と罪悪感を覚えさせる。書き切れないだけのことをしてきた。羅列するだけでも最悪すぎる。

駆け引きは、もちろん最初は効果があります。相手に与える不安を、恋のドキドキと錯覚させるわけですから、それはもうかなりの効果があります。依存させることでなまじ効果があるもんだから、常習するようになるんですね。駆け引き、駆け引き、駆け引き。恋には、駆け引きなんかよりもっとするべき大事なことがあるのに。駆け引きすることに慣れると、アルコールやドラッグといった類と同様に、段々と効かなくなっていくわけです。そりゃそうです、方法や手段は変われど、「相手を不安にさせる」、という一点において変わりないわけですから。していることは全く一緒ですから。最後は好きな人を心身ともに疲弊させて、呆れられて、人間性に飽きられて終わりです。

駆け引きは、いわばその人と向き合うことから背を向ける、圧倒的逃げです。最初から対話することをあきらめて、好きな人を置き物として隣にいさせるための間違った努力です。実った先にいるのは、あなたと、あなたのことを信用できなくなったパートナーだけです。

若い時期に安易に駆け引きに手を出して、痛い目を見るならまだいい。そういう経験も必要かもしれない。ただ、歳をとって、本当に大切にしたい人と出会えたときは、真正面からぶつかったほうが間違いなくいいです。

メンヘラ大学生

@HERA_MEN0715

…

「「恋人の基準を知る」」ってめちゃくちゃ大事だぞ、恋人が週1でしか会ってくれねェ……辛ェ……って思ってたけど実は恋人は他人と会うのが苦手なタイプで、週1で会ってくれたのはかなりの愛情表現だった…みたいな事あるから、自分の基準で恋人の愛を判断して軽率に病まないように……

#自分の基準で恋人の愛を判断して軽率に病まないように

51

「「愛の基準」」

人にはそれぞれ異なる生まれがあって、育ってきた環境があって、醸成されてきた人格がある。と、多分みんな分かっている。合わない人相手には「あの人にも事情があるんだ」と納得できる。分かったつもりでいる。でも実際、自分とかかわりが深くなると、突然目隠しをされたように、その前提を意識することがなかなかに難しくなっていく。特に恋人相手になると事あるごとに、「なぜ私のことわかってくれないの」「なんでそんなこと言うの」「なんでこんなに価値観が違うの」と病み、狂う。いやいや、恋人とは言え、あくまで他人なんだから、最初から完全に分かり合うことは不可能なのに。と、他人には思えるのに、恋人には求めすぎてしまう。期待しすぎてしまう。

俺は恋人ができると、その人が世界の中心になります。当然のように生活の中心に恋人が据えられます。狭い狭い頭の中に、その人自体が住むようになります。暇さえあれば、ずっと連絡を取っていたくなるし、時間を無理やり見つけて会いに行きます。可能なら同棲でもして隣にいる時間を増やしたい。歳が25にもなり、多少なりともメンヘラの度合いは落ち着いたけれど、根底にはこの「彼女が世界の中心」という価値観がある。正しいかはさておいて、それが俺なりの愛の示し方なんです。

俺の気持ちが分かる人もいれば、いやそれはやりすぎでしょ、って人もいると思う。でもそれでいいんです。相性のいい悪いはあっても、そこに善悪はないんですから。

少し顔を上げて世界を見てみたら、好き、という一つの感情を表現するのにも、人がいるだけの数がある、と知りました。とある文豪は、それを「月が綺麗ですね」と表現しました。ある文筆家は、好きな人と過ごすその日を、サラダ記念日と呼びました。ある画家は、好きになるということは、人生でもっともすばらしい生きる力になると評しました。ノーベル文学賞も受賞したある小説家は、好きな人にこそ、別れるときに花の名前を教えておけと言いました。俺の友達は、普段ＬＩＮＥなんて面倒だけど、好きな人だけにはその日あったどうでもよいことを送りたくなると言っていました。あるフォロワーは、一人でいる時間の方が好きだけど、彼氏なら隣にいても全く嫌じゃないと驚いていました。

それでは、あなたにとっての好きは、なんでしょうか？

人の数と同じだけ愛の基準が存在しています。悩む前に、泣く前に、自分の基準だけで相手の愛の総量を判断してしまう前に。まずその人のことを深く知ってみることから始めてみるのもいいんじゃないでしょうか。

メンヘラ大学生

@HERA_MEN0715

…

彼氏にベタ甘えしちゃうひと、わがままを伝えすぎてしまうひと、強く当たってしまうひと、「普段ひとに当たり散らさないで飄々としている分、我慢した鬱憤を気を許した大好きな人だけにぶつける病気」なので、恋愛のコツ云々よりも、普段から自分勝手に振る舞うことのが大事だったりする

#普段から自分勝手に振る舞う

52

他人は他人　恋人は恋人　私は私　気にすんな

俺たちは数えきれないほどの欲を両手で抱えながら、必死に抑え込みながらこの世の中を生きています。その中でも特に厄介で、自分でも制御するのが難しいのがこいつです、独占欲。

独占欲が強い人は自分に充分な自信が備わっていない故に、恋人の存在に価値を見出そうとします。自分の持っている魅力に価値がないと思い込んでいるから、他人にすり替えることで、安心感を得ようとします。

言っておきますが、俺たちは、一切のお世辞も抜きで、誰と付き合っていようが、誰とも付き合ってなかろうが、一人だろうが、最高に魅力的で、存在価値のある存在です。

あなたに恋人ができたのは、あなた自身がダイエットなり、自分磨きなり、何かを頑張ったからです。そのあなたの努力に、強い魅力を感じた人がいただけの話です。

それはあくまであなた自身の強みで、恋人のお陰でもなんでもない。

「付き合ってあげた」などと上からものを言う恋人がもしもいるのなら、その場で捨ててください。

あなたに恋人ができないのは、すなわちあなた自身が一人で生きられる強さを身体の奥底にじっくりと備えているからです。それは誰しもが持てるようなものではなく、今までの環境を乗り越えて手に入れた、最強の力であるということ。一人の時間を楽しむことができるのは何ものにも代えられない能力。「彼氏いないと、寂しくないの？」などと宣う時代錯誤な輩は、その場で擦り潰してやればよい。

重ねて伝える。何度だっていう。恋人の有無にかかわらず、というか、どんな状況下であれ、あなたは魅力的な人間で、自分自身では信じられないかもしれないが、俺だけはここで断言しておく。

と、ここまで書いておいて、自分がどんなに魅力的な人間だとしても、やっぱ独占欲は消えないし、好きな人に自分だけ見てりゃいいと本気で思っているので、俺は一生メンヘラ治らないんだろうな、ありがとうございました。

メンヘラ大学生 …

@HERA_MEN0715

恋人を選ぶときに大切にしたいこと　放つ言葉が繊細で丁寧な人、想像力がある人、生産性のないくだらないやり取りを愛してくれる人、感情を言葉にすることをサボらないでくれる人、嫌いなものや苦手なものを共有してくれる人、何気なく溢した台詞をいつまでも覚えてくれている人

#感情を言葉にすることをサボらないでくれる人

53 ネットミームの話がしてえんだ

その日に起きたエピソードは、人に話す必要のないどうでもよいことから、個人的にクスッと笑えることまで、積極的に恋人に共有しておくといいです。なぜなら、そのくだらない一つ一つのやり取りが、一見ムダなことのように見えて、実は二人の関係性をつなぐ鎖を、より強固なものにしてくれるから。

付き合うということは、相手が普段わざわざ口にしないこと、普通の間柄なら口にしないような秘密に触れ、その根幹にあるバックボーンを知っていく、という作業の連続です。たとえば、彼は、どうやらお酒を飲むのが好きらしい、特にリキュール系を割ることが多い。キノコ類が苦手で食べられないけど、なぜかサイゼのピザに乗っているキノコは食べられる。こういった、過ごしているうちに分かる事柄もあれば、学生時代の元カノは三人いるらしい、特に一番最近の子に少し未練がありそう。結婚願望は比較的強いらしいから、少し焦りも感じていそうだ。といった、対話を通じて分かることまで幅広くあります。

会えば会うほど、会話を交わせば交わすほど、言葉にすればするほど、相手の情報を得ることができ、愛着が湧いて、理解して、ときには新しい事実に落胆して、疲弊して。でも、恋の成就にはその作業の連続が必要不可欠なのです。

そして、恋人のことを知るということは、同時に、知らないところが減っていく、ということでもあります。そうなると、二人の間にどのようなことが起こってくるか。そう、飽きてくるんです。世の中に蔓延るマンネリだとか、なんとなく倦怠期だとかいうのは、これに当てはまるように思います。互いのことをある程度知ることができてしまって、少し興味を失くしている状態、追う気力をなくしている状況、それがマンネリの正体なんです。

だからこそ、相手にとって「知りたい」と思えるトピックをアップデートしていくのが良いと思っています。特に、その日あったくだらないことは共有するのがよい。むしろ、くだらない内容であればある方がよいです。流行りの猫のネットミームを送りあうことでも、Twitterで流れてきたネタツイをコピペすることでも。私はこういうのが好みなんだ、こういう笑いが好きなんだ、こういうノリに思わず笑ってしまうんだ、それだけはあなたに伝えたいんだ、と。遠回しにでもいいから、素直な感情を相手に届ける。引かれるのを恐れずに、開示する。つなぎ止める。その繰り返しが、恋人との関係性をつなぐ鎖をより強固にしてくれるんです

気付けば、だんだんと、同じスタンプを使うようになっている。口癖が似てくる。二人だけに通じる身内のミームができあがる。他の人とは到底醸成できないような空気感、心地よさが生まれる。

そういった日々の連続が、最強の二人を作るんです。

メンヘラ大学生

@HERA_MEN0715

…

追われると冷めるタイプの人マジで恋愛向いてなさすぎて笑けてくる、いいな〜と思ってても自分のこと好き好きしてきた時点で体温下がるし、そのくせ振り向いてくれない人にはたまらなく魅力を感じて追い続けるし、クソほど恋愛向いてない　一生家でTwitterしてた方がいい

#一生家でTwitterしてた方がいい

54 繫がりたがり

Twitter のフォロワーがやたらと多く、いつでも近くに誰かが居てくれる感じに安心する。

インスタグラムで、誰かの反応が欲しくて、ストーリーの更新を頑張ってしまう。不特定多数からの視線がうれしい。

ＬＩＮＥの通知は常に未読無視で埋めておかないと不安になる。既読無視されると「自分なんかしたかな」と不安になる。

誰かと付き合っていても、自分に好意がありそうな人を常にキープしている。正直、恋人が途切れたことがない。そんなタイプの人を、俺は繫がり中毒と呼んでいます。

不特定多数の人とオンライン・オフライン問わず繫がっておくというのは、とてもなく安心することだし、孤独になるというリスクを回避できる備えとしては、大変優秀な部類に入ります。大切な誰かひとりを隣に置いておくよりかは、数人の好意をやんわりと受け流しながら近くに置いていたほうが、よっぽど楽です。いつか恋人に振られることのリスクを考えれば、好意を寄せてくれている数人のセックスフレンドで一週間を固めたほうがいい。面倒なことを考えないで済むし、気持ちがいいし、何より、もしもの時に自分が傷つかないで済む。快楽主義is最高。それに勝るものなんてない。

んなわけないでしょう。ほっそい糸を無数にいろんな場所へ張り巡らしていたって、誰かが悪意を持って踏みつぶせばあっという間に切れる。自分に都合のいい、軽薄な関係性をいくつ持っていたって、そのどれもが長くは続きやしない。安心感に見えるそれは、外面だけいい顔をしているだけのただの亡霊でしかありません。常に不安の種が、今にも芽を出そうとこちらをチラチラと見ていることでしょう。

一本でも、たしかに強く、時間をかけて太く、切れそうになっても恐れず何度も補強して結んできた糸は、簡単には切れません。一人の人と、長い時間をかけて真摯に向き合ってきた関係は、誰にだって切れやしないでしょう。その積み重ねこそが、誰にも邪魔のできない本物の安心感の源になるのです。

本数なんて関係ありません、強く、太く、一本でも、どんな要因にも邪魔できない糸を編んでいくこと。

メンヘラ大学生 …

@HERA_MEN0715

声を大にして言いたいんだけど彼女のことを可愛いって言える奴ってマジでカッコイイ、彼女に直接可愛いって伝えたり友達に彼女のこと聞かれたときに「彼女？　すげえ可愛い」って答えられたり自分の好きな人のことを堂々と話せる人ってめちゃくちゃ好感度高え

#好きな人のことを堂々と話せる人

55
惚け≠ウザ語り

大前提、俺は友達が不意に漏らす彼女に関する惚気が大好きです。

二軒目の居酒屋に入って数時間が経ち、酔いも回り、話題も二周三周し、「そういえば、彼女のことなんだけど」の枕詞で始まる、その惚気が大の好みです。

彼女とのデートであったあれやそれ、転勤を機に同棲を悩んでいること、会う頻度が増えてきていること、最近結婚を意識していること。聞くたびに、心の底から幸せをおすそ分けしてもらえた気持ちになります。そんな飲みの帰りの電車内では、小田急線特有の憂鬱な混雑を、少しだけ許せる気持ちになれるものです。

ところでここで注意したいのは、惚気は、一歩行き過ぎればウザ語りになり替わるということです。これだと大変いけません。語っている側だけが気持ちよくなるだけで、場は白け、早々に酔いは冷め、眠気に襲われ、帰りの電車での憂鬱は増します。こんな飲み会は楽しくないので、だんだんと、距離が取られていくことになります。

ウザ語りしないためのポイントは、大きく三つあると考えます。

1.飲み相手（グループ）の関係性

それなりに長い付き合いがあって、恋バナを楽しめると前もって分かっていることが必要。大学の友人で元々仲が良く、今もなおよくそういう話をする、みたいな関係性だとベストだと思います。逆に数人での集まりで、あまり仲の良くない人がいた場合、踏み込んだ惚気はしないほうが無難。個人的には「ソイツとサシ飲みしても気まずさが無いか」が一つの目安になる感じ。

2.内容

関係性にもよりますが、前置きを省いた一直線の惚気はリスクあり。俺も以前あまり関係が深くない人に「彼女が歯科衛生士だから毎日歯垢を取ってもらっている」という話をされ思わず笑ってしまったが、本人はネタとしてではなく本気の惚気として語っていて、その様子には若干引いた。べ、別に彼女とのプレイっぽいそれがうらやましいわけではないし。悔しい。

3．長さ

きちんと会話のキャッチボールをするということ。惚気話は、聞いているとほんわかするが、語りすぎればただの毒。自分のことは3割程度話して、あとの7割は他の人に振るくらいが丁度いいです。一方的に話しすぎないこと。惚気はあくまで、飲み会の最後のデザートくらいに思っておくべき、ということも言い添えておきます。

皆さん、これらの正しい容量と用法を守って、良い惚気ライフをお過ごしください。

メンヘラ大学生

@HERA_MEN0715

…

時々「すぐ嫉妬してしまう自分が嫌」みたいな話聞くけどマジでそんなん気にする必要ないよ、好きな人恋人のこと考えて不安になったり嫉妬して精神年齢爆下がりするのは人類皆平等だし何も恥ずかしいことじゃない、その辺歩いてる普通そうな人も実は皆メンヘラだよ知らんけどマジで知らんけど

#マジで知らんけど

56
みんな違ってみんな異常

皆、自分の性格に何らかの難があると思い悩みながら生きています。人間関係においてにじみ出てしまうメンヘラ、将来に対する過度な不安症、何事にも余裕なくせっかちになってしまうとこ、極めて深刻な飽き性、好きな人にも感じてしまう蛙化癖。

それぞれ似ているようで全く異なる千差万別のコンプレックスがあって、それを直したいと心の奥底で思いながら、必死に隠しながら、絶対に変わるんだという闘志を燃やしながら、日々を耐え忍んでいます。

そこに多少の程度の差こそあれど、みんな同じように苦しみ、別々の地獄を抱えていることに間違いはありません。

メンヘラとは無縁ですという顔をしてオフィス街を歩いている、眼鏡をかけたＯＬさんは、元カレに浮気された経験を乗り越えられず、過去に支配され、未だに彼氏のＳＮＳを監視するのをやめられずに、日々精神をすり減らしているかもしれない。すまし顔をしてカフェでノートパソコンを開くセンターパートの彼は、年上の、既婚者のセフレに沼って、初めて経験する状況に深い絶望を抱えているかもしれない。いつもひょうひょうとして余裕そうな同僚も、内側には強い劣等感を抱えているかもしれない。周囲の目を気にしがちなあなたは、周りからしたら何も考えてなさそうな、のほほんとしている人だと思われているかもしれない。

みんな、どこかしら歪んでいます。狂っています。自分ですら気づいていない、おかしい性質すらあるでしょう。それぞれの地獄があります。そこに普通なんてありません。自分のコンプレックスを隠すのが上手い下手があるだけで、みんな違って、みんな異常。

そうやって、コンプレックスのある自分を受け入れられることこそが、本当の強さなのかもしれない、と最近は思います。

こうやって上手い感じでまとめようとするのも、自分の欠点だなと痛く感じる。

メンヘラ大学生　…

@HERA_MEN0715

好きな人と会う約束が全く無いのってバカしんどいのよ、今会えなくても「この日に会える」って約束があるだけでモチベーションになるしそのために全てにおいて頑張ろって思えるからとりあえず「いつ会う？」じゃなくて「この日会お」って送ってこい、その日は何がなんでも空けるわ

#その日は何がなんでも空けるわ

57

舐めるなよ

舐める、という感情こそ、無意識下で最も行動に出やすく、この世で最も醜いものだと思っています。このことは常に頭に置いておいてください。俺は、次に書く行動のうち三つ満たした人とは、どんなに深い関係性の人でも速攻で距離を取ることにしています。

・毎回会うたびにわずかながら遅れてくる
・自分ばかり会いに行くのが一方的になっている
・謝罪もまともにされた記憶がない
・約束は平気で破られる
・機嫌の波が自分にだけ激しい
・自分から日にちを提案しない

・ドタキャンは日常茶飯事

一度でも愛した人間を手放すのは、本当に恐ろしいことだと思います。どれだけ不毛な恋でも「とりあえず自分がやりきった」と思えるまで俺は応援したいとも思っています。

だけど、このタイプは別物。今スグ離れるべきだと断言する。

こういった人は近くに置いておくだけで精神をすり減らすことになるので、絶対に許してはいけない人です。

何故ならこれらの行動をする奴の根っこには「あんたのことどうでもいいんで、適当に扱いますよ」が隠れているから。ナチュラルに下に見ているんです。口ではそんなことないといいながらも、舐めているから変わらない。大切にしてもらえている実感が湧かない。

そして、こういう人を周囲に置いて、舐められることに決して慣れてはいけない。許してはいけません。あなたは恋人にも、家族にも、友達にも、誰からも舐められていい存在じゃないんだから。

何より怖いのが「舐められ慣れ」というやつ。舐められると、それは目に見えないところで癖になっています。意識していないところで、自分は舐められていい程度の人間なんだと思うようになる。モラハラと同じ。そこでこびりついた低い自己肯定感は、なかなか落ちてくれない。「次こそいい人と」という次の恋への挑戦も阻む。次、その次に出会える大切な縁も舐められ癖が汚すことになる。

いいですか、あなたは愛されるべき存在です。舐められていいわけがない。そして、あなたの尊厳を守れるのもあなただけ、ということも忘れないでください。

メンヘラ大学生

@HERA_MEN0715

…

恋人にしたいタイプって色々あるけど、やっぱ「常にご機嫌な人」には勝てないんだよな、電車とかバスに乗り遅れても「まあその辺散歩できるからいっか！」ってポジティブに捉えられたり、何を話しても「分かる〜！」って肯定から入ってくれたり、こういうタイプはほんとに強い、大好き

#「常にご機嫌な人」には勝てない

58 ポジティブとかいう伝染病

ご機嫌な人こそすすんで恋人にしましょう。そして、可能な限り自分自身もご機嫌な人になりましょう。何も、どんなことがあっても常に笑っていろというようなサイコパス思考を押し付けているわけでもないし、不快なことをされたとしてもニコニコと受け流せ、というわけでもありません。ただ、ちょっと不快に思った経験を、ネガティブに捉えてしまいそうなことを、「まあそんなこともあるさ」「ラッキー」と思えてしまう人には底知れぬ魅力が秘められているのです。そんな人を目指してみませんか、という提案です。

そういえば、去年の夏の終わりも非常に強い台風が観測されました。直前に飛行機の欠航が決まったりもし、普通にしんどい思いをした人も少なくなかったのではないでしょうか。旅行自体が取りやめになったり、予定を変更せざるを得なくなったり。

その事実自体は、相当にネガティブな事象であることは間違いないです。ただその事象に引きずられず、「せっかくだし別のとこに行こう！」と提案できる人。逆にいつも行かない近場のスポットが見つけられたと捉えて、無邪気にはしゃげる人。やっぱり魅力的なんです。隣にいるだけで、抱えていたはずのもやもやもどうでもよくなるんですよ。

こういう無自覚で無邪気な明るさには、誰も勝つことはできません。醸し出す不安が他人に伝染していくように、明るさや笑顔も伝わっていきます。どうせなら、皆が思わず笑ってしまうような明るさを広められる人になりたいものです。

メンヘラ大学生

@HERA_MEN0715

…

痩せたから彼女ができた？？　ムダ毛処理したから彼氏ができた？？　男ウケ良いメイクしたらモテた？？？　残念でした〜〜〜〜お前に恋人ができたのは体型とかムダ毛とか男ウケとか関係なくお前が魅力的で素敵だったからで〜〜〜〜す今日も1日俺もお前も最高でした〜〜〜〜おやすみ

#お前が魅力的で素敵だったからで〜〜〜〜す今日も1日俺もお前も最高でした〜〜〜〜

59 主人公思考

「人」の「生」を生きていると、どこかのタイミングで、「あ、この世界の中心は自分じゃないのだな」と、気付く瞬間がある。それは、本当に突然で、「ああ自分はあの人の脇役なんだ、ああいう人が主役なんだ」と分からせられる時期は違えど全ての人のもとへ必ず訪れる。だけれども、そうだとしても、俺は言いたい。

恋において、そして人生において、主役はあくまでも自分だ、ということ。

恋人との甘ったるい生活を存分に味わうのもいい。朝早く起きて、近所のカフェを開拓するのもよい。人ごみの中二人手をつなぎ、飲み歩く夜があってもよい。記念日には奮発してディズニーのミラコスタに泊まるのもよい。たまには夜景の見えるバーでそれっぽくふるまうのもよい。あえて休みを一日中怠惰に過ごしてしまうのもいい。なんだかんだで、M－1は必ず一緒に見てほしい。

ときには悲劇のヒロインを気取ってみてもいい。叶わぬ恋に枕濡らす夜があってもいい。浮気はどこからか議論に白熱する日があってもいい。突然恋人が留学に行ってしまい底の見えない孤独を感じるかもしれない。最愛の人の浮気が発覚するかもしれない。スマホの通知から目が離せない時間があってもいい。初めての失恋にご飯が全くのどを通らず、布団から出られない日があってもいい。

ときに恋人を振り回す側にまわるかもしれない。恋人を一方的に傷つける何かをしでかすかもしれない。なんとなくついた嘘がのちに大きな事件に発展するかもしれない。大切にしてきたはずの何かを取り戻すことができなくなるかもしれない。取り返しのつかない後悔に駆られるかもしれない。既婚者に恋をして、抜け出せない沼に足を取られるかもしれない。

ときに恋人がいない時期があるかもしれない。一向に振り向いてくれないセフレにうつつを抜かす季節があってもいい。結婚していく同期に、焦りや苛立ちを感じたっていい。親からの「まだ結婚しないの?」「他の人はしてるみたいよ」という脅迫めいた助言に腹を立て内心むかついたっていい。

でも、あくまで人は人で自分は自分だ、焦らなくていいんだとあっけらかんと思える日が来るかもしれない。

この人生と恋の主人公は、誰かではなく、あくまで自分であるということ。
それだけは心の片隅で覚えていてほしい。

メンヘラ大学生 …

@HERA_MEN0715

社会人になって本質に気付いたんですけど、メンヘラになる最大の要因は「暇な時間」です

#メンヘラになる最大の要因は「暇な時間」

60 メンヘラは猫を飼い筋トレをしろ

まず、メンヘラの定義をすると、個人的な認識では「好きな人のことを思うばかりに、間違った言動・行動・妄想を選んでしまう人」だと考えていて。そして、恋愛体質恋人大好き大依存カス人間の俺から言わせてもらうと、メンヘラに陥る主な理由は「暇な時間が多すぎるから」です。

厳しい表現になりますが、メンヘラには暇な奴しかいません。俺なんてその最たる例の一つです。目の前のやらなくてはいけないタスクがあまりにも少ないせいで、そのくせ自分と会話することが好きだから、脳みそのリソースをフルで恋人について考えることに消費し、フルで病んでいるだけです。「メッセージ無視されてる……もしやあの発言が良くなかった?」「もしかして今浮気されてる?」だなんて突飛な発想は、暇だから生まれているだけです。

ということで、あなた自身は全く悪くありません。環境と脳みそが悪いだけです。

高校の数学に向き合うときには全くと言っていいほど動いてくれなかったくせに、好きな人のことになると途端にフルパワーで間違った方向に頑張りだす俺たちの脳みそさん、あまりにも勝手すぎる。

さてそんなメンヘラを抑えられないあなたに、暇な時間を潰してくれる、かつ癒しを与えてくれる最高のアイテムをお伝えしたい。それこそが、猫カフェです。猫はいいですよ、人相手だと期待したりされたり見返りを求めたり求められたり多様な煩わしさがある一方で、猫さんにはそれが一切ない。こちらの容姿をジャッジしてくることもない。気を遣う必要もない。格好つけなくてもいい。下心もなく、ただそこにいてくれる（たまにご飯はねだられるけど、それくらい一方的なくらいがいい）。

あとはありがちですが、筋トレなんかもいいです。俺自身筋トレがあまり得意でなく、筋トレを勧めてくれた友人にうっとおしさを感じたりもしてきましたが、強大な筋肉を得た彼らには「自信」がある。自分ひとりの努力で筋肉を身体に宿せた、という成功体験は、どうやら見ているこちら側が思っているよりも、相当な自己肯定感が生まれるらしいのです。暇な時間も無くしつつ、かつ自信も得られるとなると、コレも紹介しないわけにはいかないですね。

自分が強烈な猫界隈なもので猫カフェを推しましたが、とにかく何かしら、脳みそをフルパワーでつかえるものを、あなたなりに見つけようとする姿勢が大事。その過程で、本当に大事にしたい一生ものの趣味が意外と見つかったりするんですよ。

メンヘラ大学生

@HERA_MEN0715

…

恋人とどんな出会い方しようが最終的に2人で一緒に幸せになれた方の勝ちだよってお話

#最終的に2人で一緒に幸せになれた方の勝ち

61

出会い方とその後

他人のくせして、出会い方についてさも自分の価値観や考え方が正しいかのようにウイルスをまき散らす、あまりにセンスに欠けた人がSNSでまれに見られるようになった。ネットで出会ったなんて恥ずかしい、マッチングアプリなんてだめ、信頼が足りない、自然に出会えないなんて人間的に問題あるのでは、そもそも出会い方は美しくあるべき……。

うるせえな。まず、お前は誰なんだよ。

人と人が出会うという奇跡のような出来事に、いいも悪いも貴賎もないはずです。それこそ、百年も時間をさかのぼってみれば、出会い方なんてお見合いが主流で、選択に自由などありませんでした。家系を存続させるため、何かを守るため、結婚というものが使用、あるいは利用されてきました。そんな先人たちが繋いできてくれたおかげで今、俺たちは自由に恋愛することが保障されています。気の置けない友人と合コンに行ける。マッチングアプリで安全に出会える。自分の主義に合った婚活パーティーに参加できる。ただのクラスメイトと街中で運命的な再開をするかもしれない出会い方なんて、皆通っていて当然なんですよ。

でも、周りにいる、たとえば仲の良い友人が、高校からの彼氏と結婚したり、それが持て囃されているのをみてると、どこか引け目を感じたり、「自分はアプリだしな」と、どこか卑屈になってしまうときがあるかもしれません。出会い方は他人と比較するものではない、そう頭では分かっていても、心が上手くついてきてくれないかもしれません。そう感じてしまう自分に嫌気がさしたり、恋人に対して申し訳なさを抱えることだってあるでしょう。

それでも、いつか、その出会いが必要だったと、肯定できるときはきます。必ずです。

出会い方はときに劇的で、ついつい誰かに語りたくなったり、自分の信じている主義・主張を押し付けたくなるものですが、実際は出会い方云々よりもその運命の出会いを持続させることのほうがずっと難しく、その過程こそが尊いものです。むしろ、その後の縁を紡いだ自分たちを思いっ切り褒めてあげてください。

さて、この記事を書いている最中にも、高校三年間の時間を共にした高校のクラスメイトから結婚するという連絡が届きました。出会い方は聞いてません。ただ、運命の出会いを果たし、結婚に至るまで、そこまで少しずつ、確かに恋を積み上げた二人の過程と愛の深さを、心から祝福してこの話は終わりたいと思います。

メンヘラ大学生

@HERA_MEN0715

…

やらずに後悔するよりやって後悔しような、好きな人に好きって伝えられなかった、いつでも会えると思って友達と飲みに行かなかった、好きだったのに強がって恋人の背中を追いかけなかった、悩んだらとりあえずやった方がいい、やらなかったら一生後悔する呪いになるから

#やらなかったら一生後悔する呪いになるから

62 執着心という魔物

俺は、自分のことを執着心が相当強いほうだと認識しています。

「執着心が強い」を言い換えるなら、「失ったものや人にはひどく心惹かれ、取り戻そうとしてしまう。取り返しのつかないほどに自分のものじゃなくなると、途端に興味がわき、追いかけたくなる」が適しているかもしれません。

何の気なしに別れを選択したものの、いざ離れるとその大切さに気付き、恋焦がれる。「まだ大丈夫だ」を繰り返して、相手の思いが遠くなってしまってから、向き合えばよかったと思いを募らせる。

自分のモノじゃないと分かった途端に、焦る。うまくいかなかった過去のことは綺麗さっぱり忘れることができないし、忘れられそうになったタイミングで、必ず夢に出てきては思い出す。「なんであの時こうしなかったのか」と、何度も頭を悩ませる。

そんなことを一人繰り返していて。

俺は長年、この執着心という魔物に憑りつかれて生きています。思わず頷いてしまったあなたに向けて、この章は書きたい。

まず、人・物事には執着してよいものとそうではないものがある、ということ。好きな人にLINEがしたい、セフレともっと会いたい、話したい、恋人と一緒に居たい。これは比較的良い執着に分類されます。適度な相手に、適度な要求をしている。あくまで主体は自分で「自分が好きだ」という軸はブレていない。恋の選択としては悪くない。

対して、浮気された元カレを、未だに手放せないでいる。自分で振った相手の動向がやたら気になる彼女持ちの男の人から離れられない。こういった相手中心の執着は、非常によろしくない。自分を大切にしてくれなかった人、自分が大切にできなかった人への執着は、そもそも叶いづらい恋ゆえ癖になり、未練から抜け出すことが難しくなるからです。

手放すべき執着心を手元に置き続けていると、これから先も、自分を好きにならない人ばかりを好きになり、思い通りに進まない状況ばかりに心惹かれ、ついにはその不幸せな自分にだけ恋をするようになる。これだとあまりにも不健康極まりない。

幸せの第一歩目は、不純な執着心を手放すことから始まるのです。

メンヘラ大学生

@HERA_MEN0715

…

恋人がほかの異性とLINEしてるのもインスタの投稿にいいねしてるのもバカ近い距離で写真撮ってるのも仲良さそうに話してるのも本当は嫌なのに、好きな人の行動を縛るのはもっと嫌だから必死で嫉妬隠して「私は大丈夫！　楽しんできて」とか言えちゃう人マジ強すぎ、幸せになって欲しい

#マジ強すぎ幸せになって欲しい

63 長女タイプに捧ぐ

嫌なことを嫌と言えない人、したくないことを断れない人は損をします。

もう一度言います。嫌なことを嫌と言えない人、したくないことを断れない人は損をします。

いわゆるネットで言われている長女タイプがまさにコレに当てはまりますが、このタイプは、生まれた環境や、責任感を求められてきた経験も相まってふところが非常に大きい。器が大きい。と同時に、他人に嫌われたくない、誰にだって呆れられたくないという感情が人一倍強い。自分の周りの人に嫌われることに強い恐怖を感じている。

くわえて、面倒見がいいから、頼られることが嫌いじゃないから、どんなお願いも断らずに受け入れる。たとえそれが本当に無理なお願い事でも、断るという選択肢が頭の中に存在していない。そして、誰かに頼ることにとことん慣れていないから、相談できずに、逃げるタイミングを失って、人知れずキャパオーバーになり、ある日いきなり爆発してしまう。

長女タイプについて総じて言えるのは、ワガママの言い方、言葉の使い方が、分からないまま大人になって、それが恋という正解のない場において悪い方向に影響を与えてしまっている、ということ。ワガママという語感を、絶対悪だと思い込んでしまっている人すらいる。

だけど俺は、長女タイプの強さと優しさと辛抱強さを知っています。誰よりも粘り強く物事に取り組み誰かが衝突することを避けるために人知れず奔走し、人間関係を保たせ、頼られる存在であることも知っています。

だから、たまには大袈裟なくらいでいいので、休んでください。唐突なタイミングでもいいですよ、急に全てを投げ出してみましょう。鼻でもほじりながら「あー？今日はやりません」とタスクを放棄してみる。早め早めに嫌なことは断る、不快な感情にフタをしない。大丈夫です、そんなことであなたの周りは離れていかない。みんなあなたが頑張ってきた姿を知っているから、分かっているから。安心なさい。

あなたの優しいところは何よりも素晴らしい。けれど、何でも笑顔で受け入れてしまうところは、ときに遅効性の毒としてあなたの身体中をまわり、蓄積し、長い間苦しめる。たまにはすべてを放りだして、無心で酒でも飲んだらどうでしょうか。

メンヘラ大学生 …

@HERA_MEN0715

人からの評価がクソほど気になるしどう見られてるのかが本当に気になる、実際自分のことなんて誰も見てないし自意識過剰だって理屈では分かってるけど心が追い付かなくて一生誰にも見られてないのに自分のキャラ作って存在しない視線に踊らされながら生きてるこの感じ、分からんかな

#存在しない視線に踊らされながら生きてるこの感じ

64
20点連発人生

俺はいまだに、この、あるように見えて実は存在しない視線に踊らされて生きています。五年間ほど、誰からか見られているわけでもないのに、人からの評価を過剰に気にして生きてきて、気づいたことがあります。

それが、俺たちはもっと適当でいい、ということ。格好つけすぎ、と言ってもいい。みんな、俺たちに興味なんて微塵もないのだから、適当に、とりあえず生きてみる、くらいの気持ちで。

〝他人からの評価〟って、実は〝自分が他人からこう思われているだろうな、という予想〟でしかないんですよ。結局のところそれって自己評価に過ぎない、本当の意味でみんなが他のことをどう思ってるかなんて分からない。

結局のところ、自分が自分の現在を許せないだけ、認めないだけ。

だから周囲の目線が気になる。自分で存在しない敵を作り出している。

100点が取れなきゃ意味がない、0点も80点も一緒だ、などという友人がいました。常につらそうでした。100点を取れるという自分の理想像との乖離に苦しみ、及第点を取る自分が許せないそうでした。結局、100点が取れないなら0点でいいと言い放ち、大学を中退していきました。

俺たちは、いいところもあれば苦手なところもある、普通の人間です。それなりに一日をこなし75点くらいの及第点の日もあれば、寝坊をし、有休を使うようなだらしない20点の赤点を取る日もある。でも、そのことに罪悪感を覚えているのは実は自分だけで、誰もそのことは気にしてない。「あいつ、寝坊したんか、珍しいなあ」程度のこと。

だから、一喜一憂しないでおく。そんな日もあるか、で済ませておく。恥ずかしい、と自分では情けなく思っていても、他の人からしたらちょっとした失敗としか映っていない。それどころか、5秒後には誰も覚えてない。大丈夫、何事も安心して、好きにやっていい。適当にやってみる。もう二度と会わないかもしれない、誰かの視線に怯えて何もできなくなるより、20点で終わってもいいから、その一日をやり遂げる。

一番怖いのは、100点を取れないならやらなくていいやと、格好つけてすべてを投げ出してしまうこと。人生も恋愛も、何事も。

メンヘラ大学生

@HERA_MEN0715

…

正論を伝えてくれる友人はマジで大切だと思うけど、1人でいいから「何がなんでも自分を全肯定してくれる友達または恋人」を作るべきだと思う、間違ってることは確かに治すべき、ただ本当にメンタルがしんどい時はただ肯定してくれればそれだけでメンタル救われるから頼むマジ

#本当にメンタルがしんどい時はただ肯定してくれれば

65 でも正論は話の一割で大丈夫です

最近、ほんの、ほんの少しですよ。正論をぶっ放してっくる人のありがたみが分かるようになって。というのも、20歳を越え、25、6、アラサーなんて呼ばれる歳を迎えてくると、相当仲の良い関係でない限り、本気であなたの状況を心配してくれたり、本気で怒ってくれたりと、正論をぶつけられることは限りなく減っていきます。

面倒だし、カロリーがいるんですよ、本音で人にぶつかるのって。だから、みんな「こいつやばいなあ」と思っても「へえ」「大変だねえ」で済ませるようになる。ぶつかってくる人は、相当少数派になってくる。

ですので、正論パンチを、「なんだこいつ急に、めんどくせえな」と一蹴せずに、「それなりに俺のこと心配してくれてんのかな、ありがたい」と、ほんの少しだけ受け入れる姿勢があってもいいのかなと思ったり思わなかったり。

メンヘラ大学生
@HERA_MEN0715

…

失恋した時にすべきこと、髪を切る、酒を飲む、焼肉に行く、Twitterで愚痴を吐く、Tinderを入れて遊びまわる、そんなもんで埋まるはずもなく死ぬほど泣く、元カレから貰ったものをメルカリに出す、売れて得たお金でアホみたいに無駄遣いする、それでも元カレを忘れられない自分を受け入れて生きる

#元カレを忘れられない自分を受け入れて生きる

66 失恋の受け止め方

恋を失ったとき、一人アルコールに逃げる人、バーに通いまくる人、それぞれ失恋の苦しみから逃れるすべを持っていると思います。元カレへの未練を夜な夜なＬＩＮＥに書いては消したり。鬼のように電話した挙句ブロックされていることに気付き愕然としたり。とにかく寂しくてマッチングアプリを始めてみたり。

その中で、失恋した事実と向き合う中でこれだけはしない方がいい、という事柄をまとめました。あなたの次の恋がよいものになりますよう、心を込めて書き記します。

○元カレ元カノへの気持ちが中途半端なまま次の人を探さない

ご飯も喉を通らない、床についても全く眠れない、時間の感覚もあやふやになって、好きな人からの通知も全く来なくって、気を少しでも抜いたら涙がこぼれそうになる。早くなんとかしなきゃいけない、失恋なんかでこんな状態になっている自分が情けなくて焦る。

実はそれでいいんだよ、と伝えたい。焦って乗り越える必要なんか一切なくて、失恋を経験してあなたの心は頑張って向き合ってきたのと同じだけの休息が必要で、元カレ元カノとの記憶を、「ああ、いい思い出だったな」と思えるまでの時間が必要なわけです。

そんな時にマッチングアプリや合コンで他の男と会うことで寂しさを紛らわせようとしても逆効果。余計比べて「元カレの方がよかったな」「元カノのこういうとこが好きだった」って思いを拗らせていくだけだから。気持ちが落ち着いた自覚があって、いろんな出会いに触れていくことはすごく大切なんだけど、元カレを忘れる目的で他の人との出会いを無理やり作るのは、、ダメ、絶対。

○別れたのは自分のせいだと思い込まない・自分一人で抱え込まない

そもそも過去の恋愛を大事に思い、悩み、「ああしていたら良かった」と後悔の念に駆られてしまう人って、たぶん悩みを相当一人で抱え込んでしまう性格なんだと思う。たぶん今までの恋愛もそうで、うまくわがままを言語化するのが苦手で、自分一人で抱え込んで、上手くいかず、その繰り返しの中でずっと自分一人を責めている。一度、やめてみない？　無責任に、誰かのせいにする日があってもいいんじゃない？

そこまで思い悩むのは、あなたの恋心が誰よりも大きくて、誰よりも真剣に好きな人のことを考えてきた証。だからこそ、そんなあなたが成長するために迎えるべきはとにかく外に発散するフェーズ。

夜が更けるまで、友達に電話で愚痴を垂れ流してもいい。酒を飲みながら泣き喚いてもいい。裏垢で伝えられなかった精いっぱいの愛を叫ぶでもいい。メンヘラ大学生のｄｍにメッセージするでもいい。

とにかく痛みを言葉にする。外に発散する。自分一人で抱え込まない。そうやって、少しずつ自分の失恋を肯定してあげられたらいいな、と思います。

メンヘラ大学生

@HERA_MEN0715

…

何の理由も根拠もないけど、君の片想いは絶対実ると思うし、泣いてばかりだったその恋もいつかは報われると思うし、諦めた恋の痛みも想い出に変わってくれると思うし、そうやって根拠のない大丈夫を自分に言い聞かせる夜があってもいいと思う 大丈夫明日もなんとかなる

#大丈夫 明日もなんとかなる

67 大丈夫に根拠なんて要らない

俺たちメンヘラの者が特に陥りやすい恋の失敗パターンに、メンヘラ故に過剰に自分の恋に厳しくなっている、というものがあります。

悲観的になりすぎている、といってもいいでしょう。この章を読んでいるあなたもそう。無意識のうちに、まだ誰にも分からない恋の行方を、ダメな方、ダメな方へ想定しては、いつか負うかもしれない傷を浅く済ませようとする。裏切られるのは怖いから、最初から期待しないように、心を麻痺させる。その方が、いざ恋が破れたときに楽だから。傷付かないで済むから。

心を守る方法として、それはそれで有効なのかもしれません。でも、たまには、根拠のない〝大丈夫〟に身を任せる夜があってもいいと、個人的には思っています。

先の見えない恋だって、なんとかなるでしょ‼　と、あっけらかんと笑い飛ばす恋があってもいい。泣いてばかりの恋だって、いつかこの経験が自分の糧になるんだと、何の根拠もなく割り切ってみてもいい。もしかしたら脈なんて無いと、心のどっかで気づいている恋も、ここから一発逆転だってあるかも！　と、爆烈に期待しちゃってもいい。

人生は、結果云々よりもそこに至るまでの考え方の方がずっと大切だったりします。この先、好きな人に振られたり、大切な人に裏切られたり、恋すら始まらなかったり、色々な障壁があなたの前に現れては立ちはだかるでしょう。そんなとき、その叶わなかった恋を、始まりすらしなかった恋を「どうせ最初から期待してなかったから」と、心を麻痺させて、ゴミ箱に捨ててしまうのはあまりにももったいない。メンヘラなりに、全力で挑んでみませんか。挑んで、痛みを直に知って、自分の感情の揺れ動きを繊細に感じながら、ときには焦りながら、たまにはなんとかなるさと笑い飛ばしながら、その恋を真正面から味わってみてほしい。

恋の結果は関係なく、自分、最後までやりきったなって少しでも思えるでしょう。そして、一種の爽快感があるでしょう。やり切った恋には、実は後悔が生まれない。これがなんだかんだ一番大事だったりします。

それでも、自分のことだとやっぱり悲観的になっちゃうよ、上手くいくなんて冗談でも思えないよ、って人へ。代わりに俺が伝えます。
あなたの恋はなんとかなるよ、大丈夫。とりあえず明日の自分に任せてみて、頭を
空っぽにして、今日はぐっすり寝よう。
天井なんて見ず、ゆったり目を閉じて。
おやすみなさい。

この物語はフィクションです。
実在の人物、団体等とは一切関係がありません。

装画

あおいあめ

装幀

長﨑 綾
(next door design)

恋とか愛とか、幸せとか。

2025年2月28日　初版第1刷発行

著者
メンヘラ大学生

発行人
菊地修一

発行所
スターツ出版株式会社
〒104-0031
東京都中央区京橋1-3-1　八重洲口大栄ビル7F
出版マーケティンググループ　TEL 03-6202-0386
書店様向けご注文専用ダイヤル　TEL 050-5538-5679
URL　https://starts-pub.jp/

印刷所
中央精版印刷株式会社
Printed in Japan

DTP
久保田祐子

編集
井貝昭護

ISBN　978-4-8137-9425-7　C0095

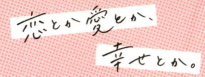

さようなら、かつて大好きだった人

メンヘラ大学生／著

SNS総フォロワー
40万超
超共感!!

報われない25の恋の超短編に 涙

君の面倒なところが本当に嫌いで、
でも、たまらなく好きだった――。

幸せになるんだったら君とがいい。そう口にできたらどれだけ楽だっただろう。でももう、伝える術もなければ資格もない。ただ願わくば、もう一度会えたら、親友なんかじゃなくて、セフレでもなくて、彼にとってたったひとりの恋人になりたい――。共感必至の超短編集。

定価:1540円（本体1400円＋税10%）　ISBN:978-4-8137-9359-5

愛がなくても生きてはいけるけど

詩《うた》／著

恋、自分、人生とどう向き合えばいいか、わからないとき――

20代を生き抜くための100の言葉

いつだってあなたは好きに生きていい

愛がなくても生きてはいけるけど、幸せも、切なさも、後悔もその全ては永遠だ。SNSで16万人が共感している言葉を集めたショートエッセイ。あなたの“欲しい言葉”がきっとここにある。

定価：1540円（本体1400円＋税10％） ISBN：978-4-8137-9325-0

疲れたときは、アイスで一息つきませんか？

仕事で失敗し、自分を責めてしまう。
恋愛に疲れ、孤独で寂しい。
そんな悩める夜に――

心を癒す人生の処方箋

頑張るあなたを救う言葉がきっと見つかる。
心救われ、涙があふれる
12の**超**短編集。

イラスト・252%

なんとなく疲れてしまった、そんな夜くらいは。
「今日くらいは贅沢しちゃお」
250円の少し高級なアイスをかごにいれる。
暮らしていくのはとても大変で、面倒で、時々どうしようもなく疲れてしまうけど。
時々肩の力を抜いて、**自分を甘やかして、**
バランスとって生きていかなくちゃ。
（本文より）

定価：1485円（本体1350円＋税10％）ISBN：978-4-8137-9336-6